A Simone, Eva e Dylan.
Sulla spiaggia alla fine del mondo.

Prefazione dell'autore

Scrivere qualcosa riguardo ai Rave degli anni 90 è sempre un azzardo.
E' stato un periodo talmente incisivo per tutti quelli che hanno avuto la fortuna di viverlo che, probabilmente, cercando di fermarlo sulla pagina scritta si finisce inevitabilmente per far torto a qualcuno per dimenticanze o per differenze di vedute.
Ognuno custodisce gelosamente, dentro di se, la propria esperienza e spesso è lì che vuole lasciarla.
Il libro che hai in mano non vuole essere un saggio sul periodo storico, tantomeno ne vuole tracciare origini, storia e sviluppo; è solo una storia e tale vuole essere.
Attraverso le vicende dei personaggi il libro narra di quegli anni incredibili, cercando di darne un intuizione, di riportarne alcune sensazioni e dinamiche aprendo uno squarcio nella memoria e guardandovi attraverso con gli occhi di un aspirante DJ.
Di storie di Rave ce ne sono tante, ognuna diversa ma con tratti simili, a seconda della regione geografica in cui si colloca e agli anni che si prendono in considerazione.
Roma ha avuto la sua di storia e anch'essa è molto complessa e variegata.
Se si dovesse tracciare a grandi linee il percorso storico dei Rave della capitale avremmo già a che fare con varie sfumature, con cambiamenti repentini e con movimenti che hanno avuto i loro anni d'oro e che poi si sono spenti lasciando il posto a qualcos'altro.
Tralasciando i primordi del movimento Acid House di fine anni '80 probabilmente la storia dei Rave nella capitale inizia nel 1991 con XTC Rave, una delle prime feste di una certa portata, dove si inizia a parlare di Techno.

E' qui che si sviluppa quello che rimarrà agli annali come "Il Suono di Roma" e festa dopo festa il movimento cresce con un approccio sicuramente alternativo, empatico, "Underground". Sono ancora feste "Legali" con biglietto di ingresso, sicurezza e promoters.

A detta di molti partecipanti verso il 1992-93 la situazione cambia quando gruppi di estrema destra iniziano a frequentare i parties facendo prendere al movimento una piega violenta ed allontanando molti ravers della prima era.

Nel 1993 vengono organizzati i primi Rave "Illegali", nati spontaneamente dalle esigenze di chi non si trova più bene nella scena ufficiale che si va logorando.

Il movimento è ancora embrionale e ci vorrà ancora un pò di tempo prima di esprimere tutto il suo potenziale nel 1995. Questa scena musicale ruota attorno ai centri sociali, le feste vengono organizzate in capannoni dismessi di periferia, non ci sono più buttafuori o promoters ma un movimento che si auto alimenta ed auto disciplina a favore dell'armonia collettiva.

E' in questo contesto che si svolge la nostra storia arrivando alla fine del millennio, quando molte "Tribe" europee arrivarono nella capitale a seguito di leggi restrittive sui "Free Parties" creando un "Melting Pot" culturale che darà vita ad un altro cambiamento nella dimensione dei Rave Parties.

Buona lettura.

Matteo Castaldi

Parte prima: Randagi

Nel 1994, a Guidonia, estrema periferia est di Roma, o eri una "zecca", capelli lunghi, camicie di flanella e skateboard, oppure un "fascio": testa rasata, bomber, Airmax.

Simon era un adolescente che sicuramente apparteneva alla prima categoria ed era il mio migliore amico.

Quella mattina lo trovai alla fermata, come sempre, arrivando a tutta velocità lungo la discesa sul mio skateboard.

«Che fai, entri?» mi chiese.

«Sì, tu no?»

«Siamo in autogestione, vado in saletta.»

«Cazzo, ma siete sempre in autogestione? Non fate mai lezione in quel cazzo di liceo artistico?»

«La colpa è tua che hai scelto l'alta aristocrazia scolastica.»

Arrivò l'autobus.

«Salutami l'alta borghesia tiburtina!» mi gridò dietro Simon mentre lo salutavo con il dito medio.

A bordo, mentre il pullman riprendeva la sua corsa, due ragazze lo guardavano parlandosi all'orecchio ed emettendo risatine complici. Non era bello, nasone e orecchie a sventola nascoste dai capelli lunghi, però piaceva alle ragazze per quella sua aria trasognata e ribelle.

In classe, quel giorno, l'atmosfera era pesante; complice, forse, il cielo plumbeo di quella grigia mattina di ottobre. La professoressa stava illustrando una rappresentazione teatrale che si sarebbe svolta nel pomeriggio, ci teneva fosse presente tutta la classe.

«Siete tutti di Tivoli, qui, mi sembra. Giusto?» chiese.

«Io no, professoressa.» Alzai la mano.

«Di dove sei, tu?»

«Guidonia.»

«Ah.»

Non aggiunse altro e continuò a parlare con una dei primi banchi, una di quelle che non sono mai impreparate, che studiano e di cui ignoravo il nome.

«Non ti preoccupare, tanto dopo vedo mamma al circolo e do a lei i biglietti» disse l'insegnante.

L'alta borghesia tiburtina.

Il suono della campanella di ricreazione mi salvò da quell'orrore e in cortile potei tranquillamente scavalcare il muretto e avviarmi alla fermata, skateboard sotto braccio e cuffiette in testa con i Pantera a tutto volume. Adoravo quel brano, "The Badge", inserito nella colonna sonora de "Il Corvo".

Arrivato in sala prove, strimpellai un paio di cover con Simon alle quali stavamo lavorando da qualche giorno: "Anarchy in the U.K." dei Sex Pistols e "Seek 'n' Destroy" dei primi Metallica. Io suonavo la chitarra e Simon cantava.

In un momento di pausa, il rombo dell'Harley Davidson di Angelo, il padre di Simon, fece tremare la porta d'ingresso come un foglio al vento mentre parcheggiava lì davanti.

Entrò e guardò il figlio.

«Fatto sega anche oggi?»

«Siamo in autogestione.»

«Ma siete sempre in autogestione in quella cazzo di scuola?»

Anche io lo guardai, sorridendo con un gesto di approvazione volto a supportare la tesi del padre e la mia.

Angelo si rivolse a me: «E tu?»

«Ho fatto sega... anzi, mezza sega.»

«Ti si addice. Dobbiamo andare in ospedale da nonna, Simon. Forse ho il motorino che fa per te» mi disse uscendo. «Ti faccio sapere nei prossimi giorni.»

Angelo era un operaio delle cementerie e il presidente di un motor club; tutto borchie, pelle e cromature. Ci procurava qualsiasi cosa, strumenti musicali, la sala prove, un pub ormai in disuso di uno dei membri del club... e anche motorini, a quanto pareva. Da giovane aveva militato in qualche band di scarso successo e adesso che il figlio intraprendeva un percorso simile voleva supportarlo in ogni modo possibile. Di rimando, questo giovava anche a me.

Rimasto solo, spostai la cassetta dal walkman alla piastra dell'impianto e alzai il volume.

"I am the new way to go, I am the way of the future."
[My Life With The Thrill Kill Kult]

La sala prove, il Fox Trot, dal nome del pub, era la nostra casa. In quella saletta ci ammazzavamo di canne. Ci chiudevamo lì dentro, fumavamo e suonavamo a oltranza.

Visto da fuori era solo un portone di ferro nero con una piccola tettoia e ancora l'insegna del pub. Dentro, le pareti erano ricoperte da cartoni delle uova come insonorizzazione con sotto pannelli di polistirolo. Qualche scritta qua e là con la bomboletta nera, tra cui l'immancabile "A" cerchiata di "Anarchia". Gli amplificatori erano posizionati su dei mobiletti di legno economico e quello che una volta era stato il bancone si era trasformato in un soppalco di circa un metro.

Inizialmente volevamo montare la batteria in alto, poi decidemmo di creare lì sopra un'area relax con vecchi sedili di automobili presi allo sfascio e qualche posacenere.

Quello che una volta era il "grottino" adibito a cucina era stato chiuso dal soppalco lasciando solo uno spiraglio aperto in alto a forma di mezzaluna che usavamo come pattumiera, gettando i rifiuti in quella stanzetta quasi completamente murata e regno di quelli che udivamo muoversi nell'ombra e che chiamavamo "Abitatori del Buio".

Topi, probabilmente.

Qualche volta si erano affacciati i carabinieri per vedere che succedeva, ma avevano capito subito che qualunque cosa entrasse lì dentro non riusciva, quindi poco male, considerando la fauna che popolava Guidonia in quegli anni. In pratica avevano capito che facevamo il loro lavoro: eliminare le droghe dalle strade.

Nel pomeriggio ci ritrovammo alla fermata per andare alla scuola di musica che frequentavamo. Era gestita dal bassista dei T.I.R., un gruppo metal storico della zona.

«Come sta tua nonna?»

«Mah... stiamo solo aspettando che si decida ad andarsene, già non vive più da parecchio.»

«Mi dispiace.»

Simon scrollò le spalle. «A me dispiace per Angelo, lei è incosciente da tempo. È sempre brutto perdere una madre, a qualsiasi età.»

Lo sapeva bene, Simon, anche se di sua madre, morta qualche anno prima, non parlava mai. Non con me, almeno.

C'erano dei tipi più grandi che, a quanto pareva, non avevano altro svago se non malmenare il malcapitato di turno: noi, estranei e capelloni, gli offrivamo parecchi spunti. Se non ci aspettavano alla fermata dell'autobus, ci attendevano al ritorno e, nella migliore delle ipotesi, le prendevamo.

La fermata dell'autobus era proprio davanti alla pineta comunale. Quel giorno uscirono dal parco proprio mentre aspettavamo il pullman.

«Cos'è, ti è morto il barbiere?» mi disse uno, supportato dalle risate degli altri tre. «Fai pippa? Non rispondi?» Mi spintonò.

«Questi toccali solo col bastone, sennò ti infettano e diventi recchione pure te!» disse uno dei compari.

«Voglio solo andare a lezione» mormorai.

«E se invece la chitarra te la spacco dietro la schiena?» Puntò la fronte sulla mia.

L'arrivo dell'autobus ci salvò da quella situazione di stallo. Ci gridarono dietro altri insulti mentre prendevamo posto a bordo. Una bottiglia di birra vuota si frantumò contro il vetro senza suscitare nessuna reazione nell'autista, che riprese la marcia.

Le lezioni di musica erano di una noia mortale ma utili. Iniziavamo a fare piccoli progressi e alcune esibizioni come il saggio o qualche concerto organizzato a scuola durante l'autogestione.

Passavamo il sabato pomeriggio sotto i portici con lo skateboard. Il trick del giorno era riuscire a ollare la scalinata più grande. Lo avevamo visto fare a dei ragazzi all'Eur, quando andavamo a praticare lì, sotto il colosseo quadrato. La scalinata dei portici era più difficile, però: aveva molta rincorsa ma per l'atterraggio c'erano solo un paio di metri di marciapiede, e poi bisognava centrare lo spazio tra due auto parcheggiate mentre uno fermava quelle in arrivo sulla strada prendendosi gli accidenti degli automobilisti. Consideravamo chiusa la manovra anche a chi rimaneva sullo skate per un attimo prima di schiantarsi contro le auto parcheggiate, ma non erano molti.

A fine pomeriggio gli unici ad aver chiuso il "drop" eravamo io e Alessandro, un ragazzo di Villalba che andava forte. Soddisfatto, sudato e con le mani sbucciate, mi avviai verso la pineta dove ci aspettavano gli altri della comitiva per prendere un po' di fumo per la serata.

La pineta comunale aveva un grande parco giochi realizzato interamente in cemento armato. Nessuno ci portava però i bambini, dato che una minima caduta provocava danni seri, tra angoli vivi e sbalzi troppo alti. Era così stata occupata dai fasci, che la utilizzavano come campo base. Davanti ai muretti sui quali tutti rollavano canne si estendeva il piazzale dell'aeroporto militare in cui gli automuniti potevano esibirsi in testa coda e partenze a ruote fumanti.

Appena arrivati, un ragazzo con il bomber e la testa rasata ci accolse irriverente con il saluto romano: «Viva il Duce.»

E noi zitti.

Probabilmente nessuno di loro avrebbe saputo argomentare il fascismo per almeno due minuti. "Viva il Duce" era tutto quello che sapevano, e poi giù botte.

«Ao', pure le zecche vogliono il fumo» blaterò qualcuno.

«Lascialo stare, è il cugino di Marzia» disse Sandrino.

Era il giullare di corte, sempre in mezzo a tenere banco con le sue imitazioni della civetta, della sirena dell'aeroporto e di un paio di canzoni di Vasco. Era uno tranquillo, un po' più grande di noi, e ci faceva da intermediario per prendere il fumo; credo perché fosse innamorato di mia cugina. Senza di lui avremmo ricevuto solo botte.

In piedi sul muretto, Sandrino si esibiva in passetti di danza con le mani a paletta mentre scimmiottava il verso del "Virus", il programma radiofonico di Freddy K. «Due scudi e lo saiz... svidivi svidivi svaiz e tre spini ti faraiz...»

Dalla Sierra Cosworth parcheggiata con gli sportelli aperti usciva Defcon 3, "l'Inno di Roma".

«Tocca aspetta' un attimo» ci informò Sandrino. «Adesso arriva.»

Io e Simon ci sentivamo a disagio in quella situazione: erano quasi tutti uomini, tutti in divisa con le teste rasate, i bomber e le

Airmax della Nike. Anche le poche ragazze erano vestite così, i capelli a spazzola. Sembrava di stare in caserma.

Alla fine arrivò "Spadino" sul suo motorino, un Sì della Piaggio, e iniziò a distribuire le stecchette di fumo già preconfezionate.

Due canne e uno spino.

In pineta, in quegli anni, girava di tutto e andavano molto anche farmaci come il Roipnol e le Play. Mentre seguivo le operazioni di smistamento stecchette con Sandrino, Simon si era fatto convincere da una tipa a prendere due Roipnol per uno scudo [cinquemila lire], e dopo averle buttate giù si era attaccato alla bottiglia di vino rosso di fraschetta che girava mentre la ragazza se la rideva ammiccando a un altro paio di nazi-soldatini.

Tornammo in sala prove, venne anche Sandrino, e messi su i Rage Against The Machine iniziammo a rollare qualche canna.

«Mi dovete fare una cassetta con la metallica» disse Sandrino.

«Si chiama metal» risposi. «I Metallica sono un gruppo, il genere musicale si chiama solo metal.»

«Come ti pare, basta che mi fai una cassetta!» strillò per coprire la musica a volume sempre più alto.

In quel momento si accese la lampadina rossa che avevamo collegato al citofono. Andai ad aprire. Era Angelo.

«Vieni con me.»

Salii dietro la sua Harley Davidson 1340; era sempre un piacere fare un giro. Arrivammo in cinque minuti alla Club House sulla Tiburtina dove erano radunati tutti gli altri bikers del club. Angelo mi portò sul retro e mi fece vedere un MBK Booster blu e bianco appoggiato al muro.

«Mi devi due piotte e mezza [duecentocinquantamila lire], mezza piotta l'ho dovuta dare a un prospect che mi ha accompagnato. Sono dovuto arrivare ai Ponti all'Eur a prenderlo. I numeri di telaio sono limati, meglio se non ti fai fermare.»

«Okay!» esclamai raggiante.

Aveva detto che me lo avrebbe procurato per duecentomila lire ma andava bene lo stesso: finalmente ero motorizzato anch'io!

Prima di tornare in saletta, mi fermai a prendere un paio di birre al bar di Dante per festeggiare e, arrivato a destinazione, dai motorini parcheggiati fuori capii che un altro paio di elementi si erano uniti alla festa.

Dentro, Simon aveva iniziato a sbiascicare parlando al rallentatore: il Roipnol cominciava a fare effetto. Chiedeva una canna, gliela davo, poi si spegneva tenendola tra le dita. Quando rinveniva urlava: «Fammi fare una canna!»

«Ce l'hai in mano.»

Come l'aveva passata ricominciava: «Fammi fare una canna.»

«L'hai appena passata, ce l'ha Sandrino in mano, vedi?»

Si imbambolava.

Rinveniva.

«Fammi fare una canna.»

Era come se la sua memoria durasse solo qualche minuto, non di più.

Dopo qualche altra canna e qualche impennata di prova del mio "nuovo" motorino ai presenti sulla via della saletta si fece ora di cena.

«Andiamo a prendere un po' di pizza al Sombrero» disse qualcuno.

«Ho solo dieci sacchi [diecimila lire], rega', e voglio prendere un altro "pezzo". Ceno a casa, ci vediamo dopo» risposi.

Io e Simon avevamo preventivato una cena a casa mia dato che mia madre era fuori, così avremmo risparmiato per il fumo. Lei era capo hostess in Alitalia e spesso si assentava per lavoro o per svago, essendo una giovane mamma single molto dinamica.

Un'ultima tappa in pineta a prendere un altro paio di stecchette, e poi saremmo rientrati. Simon salì dietro, rendendo il breve viaggio impossibile dondolando a destra e sinistra e cantilenando pezzi di Kurt Cobain. Sembrava ubriaco fradicio nonostante avesse bevuto solo qualche sorso di vino.

Appoggiai il motorino sul cavalletto e chiesi altro fumo al tipo di prima anche se Sandrino non c'era. Simon bevve altro vino dalla bottiglia di un gruppetto che stava organizzando le auto per andare al club Imperiale. Mentre barattavo per una canna in più senza successo, lo vidi tirarsi addosso il motorino cercando di togliere il cavalletto e rimanere lì svenuto con il Booster sdraiato sulle gambe.

Il Roipnol lo aveva preso in pieno.

«Mi sa che è meglio che ti raccatti l'amico tuo» disse uno.

Lo imbragai con la cinta dei pantaloni al motorino come passeggero, praticamente una zavorra umana, e a fatica mi allontanai sotto lo sguardo divertito del pubblico presente.

Fino a quel momento, Simon se ne era stato tranquillo. Era stato anche un Lupetto nel gruppo dei boy scout, anni prima, ma adesso si voleva rifare. Se io volevo fare casino, lui voleva spaccare il mondo, se io mi facevamo una canna, lui usava una bottiglia come Cilum, se io mi ubriacavo, lui andava in coma etilico. Aveva il fisico di un toro ed era il più punk di tutti.

Arrivati a casa: sorpresa. Mia madre aveva cambiato programma e cenava lì. Di certo non potevo presentarmi con Simon in quello stato, riverso a terra, svenuto e sudicio. Mi guardai intorno in cerca di una soluzione. Di fronte a casa c'era un benzinaio con autolavaggio.

Lo adagiai sul retro, in mezzo ai rulli giganti per lavare le auto, e lì lo lasciai per circa un'ora, il tempo di cenare da bravo ragazzo e tornare a prenderlo. Forse un cane gli avrebbe pisciato addosso nel frattempo ma tanto lui il giorno dopo non avrebbe ricordato assolutamente nulla.

Non aveva senso prendere il Roipnol: anche se ti fossi divertito, cosa abbastanza difficile, comunque non ne avresti avuto memoria.

Tramite la scuola di musica eravamo riusciti ad arruolare altri due musicisti: Enea, un batterista che abitava a Mentana, e Dario, l'unico africano con gravi problemi di ritmica, al basso.

Non ci interessava la tecnica, volevamo solo avere qualche canzone da suonare in sala prove quando eravamo strafatti. Non avevamo alcuna velleità artistica o aspirazione. Ci piaceva suonare quando eravamo stonati perché la concentrazione sullo strumento e sulla musica ci faceva viaggiare in un piacevole stato di semi-trance.

Eravamo edonisti, quello sì.

L'unico a cui interessasse la tecnica era Enea. Non beveva, non fumava e andava bene a scuola.

Una noia mortale, insomma.

Però alla batteria ci sapeva fare.

Suonava lo strumento senza fare baccano come la maggior parte dei batteristi che conoscevamo. Amava il rock classico dei Led Zeppelin, Deep Purple e Jimi Hendrix, oltre alle nuove sonorità nascenti a Seattle, in particolare i Pearl Jam. Ammirava la voce di Eddie Vedder. Secondo me era nato nell'epoca sbagliata.

Eravamo anche una band: i Sisma. Dei componenti di quel gruppo, oggi, chi non è morto suona ancora. Ci eravamo chiamati così perché volevamo fare più casino di un terremoto, ma all'atto pratico non si andava più lontano di qualche cover: Sepultura, Pantera, Anthrax, Metallica, Death SS, Negazione.

Ci volle un po' di tempo prima che iniziassimo ad avere un repertorio di brani nostri. Simon non era male a scrivere i testi. Quando iniziammo a fare i primi concerti, eravamo con gruppi più grandi di noi, ma ci difendevamo bene. Partivamo da Guidonia in motorino per andare a Sant'Angelo dove avevano la sala prove i Licantropia che, insieme ad altri gruppi storici come i Rosae Crucis, erano per noi fonte di ispirazione.

Durante l'estate si organizzavano concerti all'aperto in pineta e ogni volta c'erano problemi con i fasci che venivano a marcare il territorio. Eravamo nettamente in minoranza: in quegli anni essere di destra era di moda e soprattutto a Guidonia, storicamente legata al fascismo essendo un'ex palude bonificata da Mussolini.

Suonavamo spesso anche al Luogo Motore di Tivoli, un locale che offriva possibilità ai gruppi emergenti di esibirsi. Riuscimmo ad approdare anche a una serata organizzata dall'Uonna Club, che però fu un mezzo flop.

Ci nutrivamo di musica a trecentosessanta gradi e nonostante la giovane età non ci facevamo mancare grandi eventi come i Metallica al Palaghiaccio di Marino, dove sopravvivemmo solo grazie ad Angelo e alla sua banda di motociclisti, o i CCCP al Teatro Tenda proprio sotto casa mia, che riempirono la città di punk venuti da tutta Italia.

Era un periodo di grande sperimentazione su noi stessi: provavamo nuovi sballi per aprire la mente e mitizzavamo sostanze come il Peyote. Si diceva che ti trovava lui, non dovevi cercarlo, e noi lo stiamo ancora aspettando.

I trip, invece, cartoncini a base di LSD, li potevi cercare: loro si lasciavano trovare. Andavano di moda tra i coatti della pineta e creavano degli enormi conflitti nelle loro coscienze. Chi rimaneva sotto gravi crisi esistenziali, chi passava da nazi che faceva le ronde a drag queen nel giro di una stagione.

Erano anni folli "nel mare del cervello, colorato di grigio" [cit. *Sounds Never Seen*].

Ricordo un fatto molto divertente. Numerosi fasci partirono da Guidonia alla volta di una serata con ospite Robert Armani, tutti molto carichi e pronti a ballare con il saluto romano l'inno fascio "Hit Hard". Tuttavia ebbero un brutto trip: si trovarono sotto cassa in pieno acido e scoprirono che il loro idolo era un afroamericano!

In quel brano c'era tutta la rivalsa del ghetto nero degli operai di Detroit, il suono della fabbrica dov'erano schiavi pompato a centocinquanta BPM come affermazione del loro essere comunità. All'epoca non sapevo nulla di tutto ciò ma mi piaceva quella musica e odiavo dovermene vergognare a causa dei gruppi neo fascisti ai quali veniva accostato quel tipo di sound.

Decidemmo che dovevamo provare questi trip, così ce ne procurammo un paio con sopra l'immagine di Super Mario Bros e un martedì sera qualunque di una settimana scolastica, dopo cena, ci vedemmo in sala prove pronti per la nostra esperienza.

Facemmo male i calcoli, molto male. Avremmo dovuto rientrare per mezzanotte e alle nove prendemmo l'acido, convinti di smaltirlo prima del ritorno a casa.

Il brutto dell'LSD è che ci metti un po' a capirne l'effetto e a renderti conto che ti ha già investito in pieno.

Così tra una canna, quattro risate e una cassetta dei Santa Rita Sakkascia, prima di mezzanotte ci avviammo ognuno verso casa propria, convinti che quei ragazzi più grandi ci avessero dato una "sola" [fregatura] visto che non sembrava sortire nessun effetto.

Mi misi in cammino. Il motorino lo lasciavo in sala prove perché mia madre non doveva saperne nulla; era assolutamente contraria. Dovetti attraversare il circo che avevano allestito davanti a casa nel pomeriggio. Non so quanto ci impiegai, ma fu complicatissimo. Il suo effetto l'LSD lo aveva fatto eccome, e lì in mezzo vidi di tutto.

Quando sei sotto acido, se guardi qualcosa di poco visibile o in penombra, che gli occhi non riescono a mettere a fuoco, subentra il cervello a inventare al loro posto. Se noti tra i tendoni fatiscenti un'ombra e pensi sia una persona, quell'ombra diventa una persona. Se ti viene il dubbio che invece sia un animale uscito da una gabbia, allora quell'ombra diventa magari un cammello, poi ti avvicini di più ed è solo uno stendibiancheria, ma nel frattempo è passata un'ora e a te sono sembrati cinque minuti.

Non so quanto tempo ci misi ad arrivare a casa, ma una volta lì mi versai un bel bicchiere di latte purificatore. Pensavo attenuasse gli effetti dell'acido, ma è un po' come lanciare un aereoplanino di carta contro un carrarmato. Invece di berlo, però, il latte me lo spalmai addosso perché in quel momento mi sembrava la sostanza più bella del mondo con una consistenza incredibile e un colore che era il bianco più bianco possibile.

No, effettivamente non mi aveva fatto granché, quell'acido.

Anche Fisto (da MeFisto), il mio cane, un grosso meticcio nero, mi guardava perplesso.

Passai il resto della notte a fare zapping in TV. I canali non erano molti, una decina al massimo. Avevo scoperto che se facevo zapping a tutta velocità riuscivo a seguire i dieci programmi contemporaneamente. Lo feci fino al suono della sveglia.

Era già mattina e dovevo andare a scuola.

Sull'autobus incontrai Simon.

«Non era una sola! Non puoi capire! Mi sono successe cose incredibili!» mi disse.

«Credimi, lo posso capire.»

Non so perché quel giorno non avessimo fatto sega. Eravamo ancora in botta ma comunque andammo a scuola; Simon probabilmente era convinto che fossero ancora in autogestione.

Arrivato in classe, il disagio fu totale.

La voce della professoressa si distorceva nelle mie orecchie e il suono di penne e libri mossi sui banchi era insopportabile. Presi da una compagna un astuccio pieno di matite colorate e alzai la mano per andare in bagno. Mi infilai in un bagnetto di servizio e lì iniziai un murales a forma di spirale gialla e viola di due metri di diametro circa.

Dopo un po', un bel po', entrò il bidello.

Erano le quattro del pomeriggio e la scuola era ormai deserta.

Vedendo la spirale urlò: «Ma che cazzo fai! E adesso chi glielo dice alla preside?»

«Tranquillo» risposi. «Lo firmo.»

E così feci. Lo firmai con nome, cognome e classe.

Il murales rimase lì per molto tempo, molto più di me dato che il giorno dopo fui sospeso.

Capimmo subito che l'LSD non poteva essere preso alla leggera come il fumo o l'erba, così cominciammo a studiare Albert Hofmann, Timothy Leary e Jack Kerouac. Ne volevamo sapere il più possibile. Quel mondo ci affascinava, ma avevamo la sensazione che ci fosse qualcosa da capire che però ancora ci sfuggiva. Eravamo dei ricercatori e quello che cercavamo lo cercavamo dentro di noi.

Volevamo spingerci al limite, sempre. Lo facevamo con lo skateboard, lo facevamo con le droghe. Avevamo ereditato lo spirito autolesionista dei punk, ma questa nuova esperienza ci fece sentire all'inizio di un percorso tutto da scoprire: il mondo stava cambiando intorno a noi.

Dopo quella prima esperienza rimasi un paio di giorni a casa leggendo "LSD. Il mio bambino difficile" di Albert Hofmann. Mia madre era fuori per un turno lavorativo di qualche giorno, e ciò mi dava una certa libertà anche dal punto di vista economico. Mi lasciava qualche soldo per la spesa e io, scroccando un panino alla Club House di Angelo, potevo utilizzare il budget per altri scopi che il più delle volte erano hashish e marijuana o al massimo un libro per l'approfondimento lisergico, come in quel caso.

Mentre ero assorto nella lettura squillò il telefono.

«Pronto?»

«Salve, chiamo dalla segreteria del Liceo Classico Amedeo di Savoia, posso parlare con la signora Patrizia?»

«Non c'è, è fuori per lavoro.»

«Ah, allora forse posso parlare con lei. Con chi parlo?»

«Sono il maggiordomo, non mi occupo di queste cose.»

Riagganciai e tornai a immergermi nelle caleidoscopiche immagini narrate da Albert.

L'esperienza con la droga faceva parte della cultura giovanile dell'epoca. Le comitive si dividevano tra chi aveva provato l'acido e chi no. I racconti al muretto parlavano spesso di allucinazioni, di alieni nascosti dal governo americano per impedirci di aprire la mente, dell'arrivo del nuovo Millennio che avrebbe portato con sé l'Apocalisse. Oltre ovviamente a rapine, incidenti e peripezie varie di auto e moto.

Quell'estate mia madre prese una casa di villeggiatura con una coppia di amici in un paesino sperduto della Basilicata al confine con la Calabria.

Simon venne con noi e infilammo nella Station Wagon anche Fisto, oltre alla gabbietta con il criceto degli amici di mia madre. Fisto puntò il criceto per tutto il viaggio.

Portammo con noi hashish e trip, ovviamente.

I ragazzi di lì erano tagliati fuori dal mondo, sapevano ben poco di ciò che accadeva a Roma, e in paese ci squadravano tutti. I vigili ci rompevano le scatole per lo skateboard; dicevano che era vietato, e ce lo dicevano mentre il boss di zona passava su una ruota con la Enduro.

Negli anni '90 esisteva una tipologia di dj che oggi sarebbe impensabile: il dj operaio. In Lucania c'erano molti campeggi che in estate si riempivano di turisti e ognuno aveva la sua piccola discoteca all'aperto, una console con piatti Technics e uno o due flycase di dischi con tutte le hit estive. Tutto di proprietà del gestore, che aveva solo bisogno di un dj che le mixasse; il dj operaio, appunto. Questo dava vita a un fenomeno strano: dj che avevano un gran mestiere nel mixare ma che non possedevano un disco e tantomeno una console.

Tra questi c'era un ragazzo del posto, DJ TONY C, pseudonimo di Antonio Caputo aka Djintonic per gli amici, molto simpatico. Lo avevamo conosciuto una sera alla discoteca del campeggio dove lavorava e dove noi andavamo cercando di abbordare goffamente le ragazze tedesche.

La musica da discoteca era da coatti, da fasci o quantomeno da discotecari modaioli; roba lontana da noi, ed era un nostro preconcetto, un nostro limite. Quando a Roma avevamo provato a entrare in una discoteca eravamo stati respinti all'ingresso. Non eravamo vestiti nel modo giusto, capelli troppo lunghi o troppo corti, e soprattutto non avevamo accompagnatrici.

Lì era diverso: l'ingresso era gratuito e non si faceva selezione.

Entrammo sulle note di "What is Love" messa in console da Tony.

Sulla pista da ballo ragazzi e ragazze del posto esibivano l'abito buono e passi di danza provati e riprovati davanti allo specchio. Ci guardavano tutti perché eravamo gli unici con jeans sudici, maglietta da metallari e capelli lunghi e selvatici. Il nostro disagio era evidente, così optammo per il bar e l'alcol per sdrammatizzare.

Finito il suo turno ai piatti, Tony ci avvicinò sfoderando tutto il repertorio classico di domande.

Di dove siete? Siete in vacanza? Quanto vi fermate?

Diventammo subito amici e gli proponemmo la condivisione di un po' di hashish. Da quelle parti il problema della droga era diverso rispetto a Guidonia: troppo poca, troppo cara, e di scarsa qualità. Le guardie, in quel paesino, non avevano molto da fare dato che i criminali mafiosi erano intoccabili, così si ritrovavano a girovagare e si dedicavano a tempo pieno a scovare ragazzini con uno spinello manco fossero Pablo Escobar.

Erano tanto ridicoli quanto pericolosi.

Ci avviammo tutti e tre in spiaggia a farci una canna. Allontanandoci sulla passerella le note di "All That She Wants" sfumavano fondendosi con lo scrosciare delle onde sulla battigia.

Sistemati sulle sdraio iniziai a rollare mentre Simon, faccia al cielo e mani dietro la nuca, vide una stella cadente.

«Wow! Hai visto come filava?»

Grazie alla scarsa urbanizzazione del luogo, il cielo era incredibilmente limpido e le stelle luminose.

«Si avvicina la notte di San Lorenzo» disse Tony.

«Qui è tradizione fare un falò sulla spiaggia, il 10 agosto.»

«Potremmo organizzarci per farne uno, che dici?» gli chiesi.

«Sarà pieno di gente sulle spiagge degli stabilimenti.»

«Pensavamo a qualcosa di più intimo. Hai mai provato i trip?»

«No. Qui non se ne trovano, bisogna andare a Bari.»

«Noi ne abbiamo.»

Sgranò gli occhi.

«Però dobbiamo trovare il posto giusto.»

«Occhio che qui ti arrestano per un canna.»

«Lo so, per quello ci serve il posto giusto.»

Tony ci pensò su. «Ce l'ho! È un luogo sperduto che conoscono in pochi. E quella sera sono anche libero. Al campeggio suona uno di Policoro, del giro di Zappalà.»

Dal campeggio partì a tutto volume "Think About the Way" e Simon si esibì in una performance imitando le cubiste in piedi sulla sdraio, sotto lo sguardo divertito mio e di Tony, ancora semisdraiati e con gli occhi rossi per la canna e le risate.

La location era una spiaggia isolata che la privatizzazione di alcuni terreni aveva tagliato fuori dalla geografia locale. Per raggiungerla era necessario guadare un fiumiciattolo e poi camminare per due chilometri circa. Andammo lì con le tende, un giamaicano a batterie e gli acidi. A ridosso della spiaggia c'era una grande pineta piena di alberi secchi perfetti per il fuoco. Portai con me Fisto. Tony aveva con sé un amico che ne era terrorizzato.

Al calare della notte prendemmo l'acido in due, Tony e l'amico non se la sentivano; per loro le canne erano già il massimo della trasgressione.

Fisto era un cane particolare, lo avevo trovato nascosto tra i secchi della spazzatura una notte di temporale, terrorizzato. Quando lo avevo preso aveva già un anno, perciò era rimasto un randagio a livello comportamentale: veniva con me ovunque ma non rispondeva a nessun comando. Era autonomo e non aveva paura di nulla, a parte il temporale.

Una volta acceso il fuoco, Fisto sparì nell'oscurità circostante, oltre la luce delle fiamme. Si aggirava lì intorno tenendoci d'occhio come fanno i cani pastore con le pecore. Se qualcuno di noi si allontanava a pisciare o a cercare la legna, se lo trovava dietro come un fantasma. L'amico di Tony rischiò l'infarto un paio di volte.

Una cosa era certa: non avrebbe fatto avvicinare nessuno.

Quegli acidi, detti spirali a doppia faccia, erano particolarmente forti e l'effetto non tardò ad arrivare. Inizialmente rimanemmo accanto al calore del fuoco mentre dallo stereo le note dei Doors ci accompagnavano nel rapido agire lisergico. Osservavamo le fiamme e agli altri sembrava strano, ci chiedevano cosa vedessimo.

Inizialmente vedevamo il fuoco, dopo eravamo il fuoco. L'indomani avremmo scoperto ustioni lievi sul corpo: lì per lì non ci eravamo resi conto che la nostra vicinanza alle fiamme era eccessiva.

Completamente in trance, mi allontanai verso il buio. Avevo addosso solo le mutande. Mi sdraiai supino sulla sabbia e infilai le mani tra i granelli.

Era una sensazione unica, come se ogni singola cellula stesse facendo l'amore in armonia con le particelle del cosmo. Sopra di me il cielo tempestato di stelle. Una visione mistica: più lo fissavo, più la mia percezione si staccava dal corpo strisciante nella sabbia. Il mio campo visivo si ampliava sempre di più fino a non avere un limite delineato. La mia schiena poggiava sulla Terra e il resto di me era proiettato verso l'Infinito.

Rimasi così per ore, la mente alla deriva nello spazio. Una vibrazione cosmica infinita di cui facevo parte sincronizzava la mia orbita con quella dei corpi celesti. Riuscivo a percepire la rotazione terrestre.

Fu una sensazione conturbante e vertiginosa. Era come morire e rinascere mille volte.

Quando la luce dell'alba arrivò dal mare, ci sorprese in un "Altrove" senza tempo e spazio dove altro non facevamo che "Essere".

Tutto il resto era distante.

Tornai vicino al fuoco ormai spento. Simon, in mutande anche lui, prendeva manciate di sabbia, alzava il braccio e la osservava cadere sospinta dalla leggera brezza come in una clessidra. Gli autoctoni sedevano a gambe incrociate, cappuccio in testa, infreddoliti e disorientati.

Prendemmo le nostre cose e ci avviammo verso il fiume.

Mi girai per un ultimo sguardo a quel luogo magico. In lontananza, un cane randagio con un orecchio solo ci guardò andare via.

Quell'esperienza condivisa ci legò ancor di più. Ci sentivamo fratelli, io e Simon, non solo amici, e con Tony sembrava ci conoscessimo da sempre.

Piano piano ci incamminammo verso casa, in silenzio, a testa bassa.

Jim Morrison sarebbe stato fiero di noi.

Quando mia madre si alzò, ci trovò entrambi a fissare fuori dalla finestra. Peccato che l'unica cosa visibile fosse il muro della casa accanto che si trovava a due metri dalla nostra, nella miglior tradizione di abusivismo italico. Non ci fece caso e ci chiese se avessimo visto il criceto dei suoi amici: era riuscito a uscire dalla gabbia.

«Se lo vedete rimettetecelo, per favore.»

Dopo che mia madre e gli altri furono usciti, diretti al mare, presi la scatola del mangime del roditore, su cui era stampata una foto di un esemplare identico a quello latitante, e la mostrai a Fisto che sonnecchiava accanto a noi. Abbassò le orecchie in segno di colpevolezza e si girò dall'altra parte. Dubito che avremmo rivisto Mickey Mouse da quelle parti.

Il giorno dopo in paese giravano voci folli di riti satanici e orge avvenute la notte di San Lorenzo. L'amico di Tony doveva aver spifferato qualcosa.

Ci guardavano neanche fossimo la "Famiglia" di Charles Manson, ci mancava quasi che il tabaccaio non ci desse le sigarette.

Era l'ora di rientrare.

Parte seconda: Ravers

Tornati a Guidonia, riprendemmo le vecchie abitudini.

Quel sabato sera eravamo al piazzale dell'aeroporto a osservare dal muretto i preparativi per la partenza dei coatti, questa volta però con Simon che si reggeva sulle proprie gambe.

La sierra Cosworth rombava e faceva partenze in derapata, altri stavano intorno alla Clio 16v da cui fuoriusciva "The Power" di Robert Armani. Il capobranco entrò nell'abitacolo per alzare il volume; si chiamava Ivan, lo conoscevamo di fama. Era uno con cui era meglio non avere a che fare: al contrario di tanti cazzoni che bazzicavano la pineta, era un duro vero. Aveva fatto la legione straniera in Francia. Testa rasata a pelle e occhi di ghiaccio. Quando parlava, ti fissava in un modo che ti costringeva a distogliere lo sguardo.

Faceva paura.

Sandrino, in piedi sul muretto, strillava «Ombrellaroooo!» con i suoi passi da pinocchietto.

«Mi piace troppo quella con le fruste.»

[*Leo Anibaldi – Attack Random – ACV Records*]

Era una ragazza bellissima, capelli a spazzola biondo platino. Ricordava Brigitte Nielsen in Rocky 4.

«Quando l'ha messa Lory D, l'altra sera, mi ha fatto girare gli occhi!»

Ivan le si avvicinò e la baciò davanti a me, che distolsi subito lo sguardo.

«Stasera chi viene al Quasar? Me la faccio tutta a due piotte [200 km/h], arriviamo in un attimo!»

«Mi sa che passo, non ho una lira» disse Sandrino.

Dall'auto partì "Tetris" e subito su quelle note intonò il coro da stadio "Tommasino Esler Goal".

Ai coatti piaceva qualunque motivetto techno fosse riproponibile in coro da stadio scandendo le sillabe: "Pò popopò poppopò".

Spesso il loro itinerario tipo era questo: sabato sera sfrecciata in auto fino alla festa di turno e dopo l'after vario ed eventuale dritti allo stadio a vedere la partita di Roma o Lazio.

Lo stridio delle gomme annunciò la partenza della carovana, e noi ci avviammo a piedi verso la saletta.

«Quant'è bona quella?» disse Simon.

«Parecchio, ma hai visto di chi è la ragazza? Meglio non guardarla neanche, quello ti ammazza.»

«Sì, però è proprio bona.»

«Sembra la moglie di Ivan Drago, com'è che si chiamava?»

«Brigitte Nielsen.»

«Sì, okay, quella è l'attrice. Il personaggio, intendo. Lui Ivan Drago, e lei?»

«Non ricordo.»

«Tra l'altro lui si chiama pure Ivan...»

Un cartellone pubblicitario davanti a noi gridava "Forza Italia" e pensammo ai mondiali imminenti.

In sala prove, oltre a suonare ci dedicavamo al contrabbando e spaccio di nastri di ogni tipo. Sul mobiletto Rack avevamo montato una doppia piastra e un sintonizzatore radio. Duplicavamo nastri o registravamo direttamente dalla radio. Avevamo parecchie fonti alle quali attingere: tutto l'heavy metal di Angelo & Co al Motor Club e la collezione rock anni '70 del padre di Enea o della darkettona sorella di Dario. Creavamo compilation con i brani che amavamo di più raggruppati per genere o umore. Se c'era una ragazza a scuola che ci piaceva, era prassi farle una compilation come vago tentativo di aggancio.

Tra i programmi registravamo "Radio Parolaccia" su Radio Radicale. Lo show consisteva in un microfono aperto alle persone che chiamavano in diretta e dicevano quello che volevano in totale anonimato. In pratica era una carrellata di deliri e bestemmie, e alcune erano da piegarsi in due dal ridere.

Quando qualcuno aveva una scheda telefonica, andavamo alla cabina all'angolo a tirare giù qualche bestemmia anche noi. All'epoca, il re indiscusso dell'imprecazione era "Il Magnotta", uno scherzo telefonico diventato virale con un decennio di anticipo rispetto a Internet e i cellulari.

Passavamo nottate a ridere ascoltando quelle telefonate.

Sandrino ne era un fiero sostenitore, aveva portato pure la cassetta che includeva anche i remix.

Srotolammo e riavvolgemmo nastri in una quantità tale da avvolgere il pianeta. Usavamo le Bic per arrotolare a mano i nastri fuoriusciti dal mangianastri fedele al suo nome.

Fummo testimoni della nascita del CD e godemmo dei negozi di noleggio dove con pochi spicci ti portavi a casa un carrello di album da riversare su cassetta in una notte.

Eravamo hacker di Neanderthal che vagavano in motorino e bivaccavano in sala prove.

Non c'era la Rete, non ci aveva ancora imbrigliato.

I nostri viaggi astrali però necessitavano di una musica più appropriata rispetto ai Doors e al rock psichedelico.

Quella domenica pomeriggio andammo da mia cugina Marzia, e Sandrino, neanche a dirlo, era dei nostri. Rientravano anche loro dal Quasar e come sempre "smorfinavano" nella mansarda della grande casa di campagna dei miei zii.

La stanza era ampia con due letti paralleli, un divano, la TV e lo stereo. Grandi finestre a soffietto permettevano al denso fumo di hashish e marijuana di fuoriuscire sulle note di "Age of Love". Le pareti di legno erano ricoperte di volantini e manifesti dei vari rave passati.

"Bresaola + 80 – It's Time for Techno" recitava uno sotto il grande poster di "Arisotto'n Treno" raffigurante una locomotiva a fumetto guidata da uno scheletro.

Erano grandi eventi con i migliori dj della scena techno internazionale. L'ingresso costava cinquantamila lire, i drink di conseguenza, le droghe non oso immaginare.

Tutto fuori dalla nostra portata.

In quella situazione ci limitavamo a sentirne i racconti, ci piaceva stare lì con loro.

Le amiche di Marzia erano ragazze più grandi che ci davano retta, credo che una avesse un debole per Simon; inoltre tra un racconto e l'altro scroccavamo qualche canna, il che non guastava. Ascoltavamo dei nastri registrati dalla radio, Centro Suono Rave, con le varie hit techno.

Il mio sguardo ricadeva sempre sul flyer affisso davanti alla mia postazione: "Metanoia – First European Party", capodanno

1992; tra gli artisti in line up Underground Resistance, Mauro Tannino, Bismark e Lory D.

L'ultimo nome in quegli anni era sulla bocca di tutti, soprattutto dalle nostre parti dove c'era l'Aquapiper che ospitava varie serate in stile "rave legale", dove più di qualche volta era venuto a suonare. Uno spacciatore locale si vantava di avergli venduto droghe e di averlo anche "solato" sul prezzo, ma era un gran cazzaro.

Quella sera c'era anche un ragazzo, Paolo, che aveva una passione per Lory D. Non era un discotecaro, tantomeno un raver; era più un cultore musicale. Era l'unico, oltre a noi, a non essere stato alla serata; infatti al contrario degli altri aveva una bella cera.

«Rega', Lory D è un'altra storia» commentò.

«Quando suona lui sto sempre sotto cassa» disse una delle amiche di mia cugina, mentre un'altra dormiva dandoci le spalle.

«Sì, ma quando mette i dischi è diverso. È fortissimo, eh, non dico di no, ma i suoi dischi sono un'altra cosa. Non li suona alle feste, per questo non ci vengo. Compro i suoi dischi da Remix e li ascolto a casa.»

«Perché? Che musica fa nei dischi?» domandai.

«Tieni, te la regalo, tanto ne ho altre copie.» Mi porse una cassetta BASF da novanta minuti su cui era scritto a penna "Sounds Never Seen".

Avevamo trovato la nostra musica psichedelica. Era un sound pazzesco, sperimentale, acido, a tratti violento e mai banale. Ci metteva tutti d'accordo, anche i più restii alla musica da discoteca. E poi, una cosa era certa di quel sound: era imballabile e perfetto per dei disadattati come noi.

La cassetta fu consumata nella piastra della saletta con l'impianto a tutto volume.

Avevamo imparato a memoria tutte le frasi inserite nella musica.

"Una scheggia ribelle che fugge dal buio, che insegue un istante di luce felice.

Ho scoperto una strada segreta, unica carreggiata, sconosciuta ai più.

È la via d'uscita dalla metropoli mentale, tiranna incontrastata della fantasia."

Una delle nostre preferite.

Enea e Dario erano ancora titubanti riguardo la techno, non capivano se stessimo diventando fasci anche noi o cosa. In particolare, Enea si lamentava che provassimo poco, che non stessimo facendo progressi tecnici degni di nota e che quella musica elettronica ci distoglieva dal gruppo. Inoltre secondo lui ci facevamo troppe canne.

Ci rompeva le palle, insomma.

Voleva anche tirare su un repertorio di cover per suonare in alcuni locali romani che pagavano bene le cover band.

Simon voleva cantare i suoi testi, non quelli di qualcun altro imparati a memoria.

Una notte, mentre eravamo tutti in sala dopo le prove, captammo "Hard Raptus" su Radio Onda Rossa.

Questo aprì nuove prospettive.

Era lo sdoganamento di una sensazione che a me e Simon ci permeava già da tempo.

La techno ci piaceva e odiavamo i fasci, e le due cose non erano in conflitto.

Quella musica non apparteneva a loro.

Era di tutti noi.

Ascoltarla su Radio Onda Rossa era la dimostrazione che qualcuno, da qualche parte, provava lo stesso.

Iniziammo a registrare il programma e a consumare anche quelle cassette. La musica fuoriusciva dalle casse come il richiamo di un radio faro per incrociatori stellari di passaggio.

I ragazzi di Hard Raptus Project ci fecero scoprire dischi techno acid più underground e anche la gabber che ci piaceva tantissimo. Peccato che fino ad allora sembrasse la massima espressione del neofascismo giovanile.

Sandrino ampliò il suo repertorio di imitazioni con la recitazione a memoria dell'introduzione di "Alles Naar De

Klote!", in cui delle voci discutevano la rivalità tra Rotterdam e Amsterdam. Lo faceva in un olandese tutto suo e iniziò a chiamarci Dimitri.

Si vociferava di un rave avvenuto sulla Tiburtina, e ascoltando il programma alla radio intuimmo che qualcosa si muoveva. Le informazioni erano centellinate e mai troppo esplicite, però c'era una festa a capodanno, quello era chiaro.

Il passaparola verteva verso il Forte Prenestino.

Era il capodanno 1995 e Dj Tony C salì a Roma per festeggiare con noi. Calammo l'acido subito dopo cena e quella volta lo calò anche lui.

Poco dopo, in sella ai nostri motorini ultra-modificati, ci dirigevamo verso il Forte con non poche difficoltà: qualcuno, invece di ripartire al semaforo, rimaneva imbambolato a fissare la luce verde.

Arrivati a destinazione, eravamo in botta piena e davanti all'entrata l'amara sorpresa: il Forte era chiuso, silenzioso, la festa non c'era.

Qualcuno diceva di sentire la musica in lontananza, altri sostenevano fosse il vento, altri avevano paura dell'edera sui muri che si muoveva come un serpente.

La serata stava prendendo una brutta piega.

Poi qualcuno più impavido camminò sul ponte d'entrata sfidando serpenti e voci maligne portate dal vento e sulla porta notò un foglietto attaccato con il nastro adesivo: "La festa non è qui, è a Largo Preneste."

Entrare all'ex Snia Viscosa fu come varcare la soglia di un'altra dimensione.

Era pieno di gente, sul muro capeggiava un enorme murales raffigurante la testa di Goldrake. Dal capannone giungeva la cassa dritta e il bassline impazzito. La luce stroboscopica faceva muovere tutti come in slow motion e a ogni flash i volti sembravano cambiare. Ci sembrava di scorgere persone conosciute ma quando ci avvicinavamo, un flash di strobo dopo l'altro, i visi erano diversi, non erano persone che conoscevamo ma erano amici lo stesso.

Fu il nostro "Lampo nell'Anima" [cit. Sound Never Seen].

Mi colpì subito quella massa di gente diversa ma in totale simbiosi. C'era di tutto, dai dark ai fricchettoni, dalle ragazze agghindate per la discoteca ai rasta. Chi con il bomber e gli anfibi, chi con la cresta da punk, ognuno intento in una danza diversa e liberatoria.

Rimasi scioccato.

Non era un concerto, non era discoteca, era qualcosa di completamente diverso e la musica era tostissima! Acid, trance, gabber.

Ricordo perfettamente una traccia gabber con il campione di "Fucking Hostile" dei Pantera: era il mio mondo e lo avevo appena trovato.

Ci immergemmo tra i corpi percossi dai colpi della cassa techno.

Tutti tranne uno.

Tony continuava a ripetere: «A me non ha fatto niente, a me non ha fatto niente!»

Sosteneva che l'acido non fosse salito come a noi e ripeteva questa frase come una mitragliatrice già da un paio d'ore, mentre noi iniziavamo a muoverci a ritmo di musica senza preoccuparci se le nostre movenze fossero quelle giuste.

Non esistevano quelle giuste o sbagliate: ognuno esprimeva se stesso nel modo che sentiva suo.

Tony aveva le pupille dilatate e parlava a una velocità incredibile.

Dietro di noi, il capannone pulsava di luce bianca sul ritmo di "Softy Mother Fucker" da "Lethal Enforcers E.P.

[*Drop Bass Network 005 Dj Repete*].

Il capannone sembrava un'astronave aliena appena atterrata al centro della Snia Viscosa dalla quale fuoriuscivano esseri di altri mondi.

Presi Tony per le spalle e lo fissai negli occhi. «Sei sicuro che non ti abbia fatto niente? Mi sembri fatto come una biscia!»

Ci pensò su un attimo, poi capì che avevo ragione e da lì in poi ripeté a raffica per tutta la notte: «Sto troppo fatto, sto troppo fatto...»

Non ne usciva.

Rimanemmo un po' all'aperto davanti al capannone dove c'era un enorme via vai di persone. Un punk addormentato in una carriola con in grembo un boccione di vino vuoto fu spinto dagli amici al centro del dance-floor, dove rimase ignaro e dormiente in mezzo al caos.

Dopo qualche ora di musica e delirio, un altro dei nostri iniziò a stare male: Dario. Diceva che aveva il cuore troppo accelerato. Subito pensammo che anche lui stesse troppo fatto ma che fosse tutto a posto. Però insisteva e alla fine gli sentimmo il polso per rassicurarlo. Invece prese un colpo anche a noi.

Il suo battito sembrava un disco della Rotterdam Records: andava oltre i duecento battiti per minuto.

Cercai Simon e lo trovai perlustrando la zona oltre il muro di Goldrake. C'era un'enorme discarica di bombolette spray tutte ammassate l'una sull'altra creando piccoli promontori metallici che riflettevano la luce della luna piena stagliata sul cielo nero. Simon vi camminava sopra come un equilibrista; sotto il suo peso le bombolette si muovevano rotolando l'una contro l'altra ed emettendo scricchiolii metallici, come se la sua figura in controluce fosse una marionetta tirata dai fili di un burattinaio distratto.

Tornati dagli altri, vedemmo Sandrino sul motorino con dietro il cardiopatico: nel panico, partì a tutta velocità verso una non meglio precisata destinazione del centro città.

Tempo di prendere i motorini e li vedemmo tornare indietro dalla parte opposta a tutta velocità, ma questa volta con Dario che guidava e Sandrino dietro con la faccia smarrita di chi sta capendo ben poco di ciò che gli accade intorno.

Li seguimmo in direzione mattatoio.

Non avevamo idea di dove trovare un medico o un ospedale.

Andando verso l'incrocio, scavallando la leggera salita, ci trovammo davanti una quantità impressionante di lampeggianti della polizia; almeno una decina di pattuglie.

Inchiodai il motorino e feci un'inversione a U sulla Prenestina e contromano tornai verso la Snia.

Avevo avuto un barlume di lucidità che mi fece intuire come, con l'acido in corpo e il fumo in tasca, non fosse il caso di andare dove c'erano così tante guardie.

Dario e Sandrino tirarono dritti verso quello che sembrava un enorme posto di blocco.

Non lo era. Era un incidente colossale.

Volanti della polizia, ambulanze e mezzi dei vigili del fuoco erano sparsi per tutto il piazzale.

I due scesero, occhi sbarrati e bocca spalancata, rimanendo immobili in quel delirio. I pompieri stavano tagliando le lamiere delle auto con i frullini, si distinguevano i corpi incastrati dentro e il sangue colato fin sull'asfalto in grandi pozzanghere che dal rosso tendevano al nero.

Era una scena orribile.

Impietrito, Sandrino riuscì a dire a un agente che si era avvicinato: «Lui sta male.»

Fecero salire Dario nell'ambulanza, gli controllarono il battito e lo portarono in ospedale.

Io e Simon andammo via dalla Snia che il sole ancora non sorgeva e l'acido ancora non calava.

Fu difficilissimo.

Gli ultimi otto chilometri che ci separavano dalla sala prove erano bui, senza un lampione, e io non avevo i fari. Illuminai la strada usando la freccia. Ogni volta che la luce arancione si spegneva e si riaccendeva, vedevo una cosa diversa.

Curve a destra che diventavano a sinistra, buste della spazzatura sul ciglio della strada che si trasformavano in cani. Il rumore del motorino sembrava ancora la techno.

Credo di aver raggiunto una velocità massima di quindici chilometri orari, non di più.

Giunti in saletta cercammo di riprenderci, senza successo. Qualsiasi cosa provassimo ad ascoltare, diventava techno acid. I cartoni delle uova appese alle pareti sembravano ondulare come se fossero liquidi e i buchi sul polistirolo fatti con gli accendini si dilatavano e si restringevano come bocche di creature affamate.

Persino i Cure, che nel frattempo Simon aveva messo nello stereo, avevano un suono graffiante e acido che come un parassita tentacolare dalla nuca si insinuava nella nostra testa. Spento lo stereo, gli uccellini che iniziavano a cinguettare di fuori, annunciando il giorno, diventavano come una TB 303 acida e incalzante.

Fumammo a più non posso tutto quello che avevamo fino a quando, esausti, svenimmo.

In tarda mattinata rientrò anche Enea con Tony.

Enea era sconvolto: li avevano fermati a un posto di blocco e portati in caserma perché Tony non aveva i documenti. Li avevano separati.

Enea non sapeva se Tony fosse pulito o no. Al di là del vetro, aveva visto che gli avevano messo davanti un foglio da compilare. Tony lo aveva osservato per almeno dieci minuti cercando di decifrare cosa ci fosse scritto, poi finalmente lo aveva rivoltato, resosi conto che stava cercando di leggerlo sottosopra. Avevano perquisito Enea e gli avevano trovato addosso una canna, residuo dell'unico pezzo di fumo che avesse mai comprato in vita sua. Gli era preso il panico, il cuore gli batteva in gola, aveva le palpitazioni e sentiva le vertigini. Stava per svenire.

Lo avevano lasciato lì, in attesa.

Per calmarsi aveva pensato che era già finita, non lo avrebbero mica ucciso, lì dentro, avrebbe avvertito i familiari che a loro volta avrebbero avvertito lo zio avvocato. Avrebbe pagato le conseguenze ma ne sarebbe uscito.

Era entrato un poliziotto e gli aveva detto di seguirlo. Avevano percorso un lungo corridoio fino alla zona celle. L'uomo ne aveva aperta una e gli aveva fatto cenno di entrare.

Enea teneva il piccolo pezzo di fumo in mano.

Dentro la cella la puzza di piscio era insopportabile. C'era solo una brandina con accanto un water. Si era girato e aveva visto il poliziotto fermo sulla porta che sorrideva.

«Buttala lì dentro e tira lo sciacquone.» Aveva indicato la tazza.

Uscendo, Enea si era sentito immensamente sollevato. «Che faccio, chiudo?» aveva chiesto mostrandosi gentile e ben disposto e riferendosi alla porta della cella.

«Lascia aperto che tanto arriveranno ospiti. Arrivano sempre il primo dell'anno.»

Se l'era cavata con una ramanzina e si era avviato verso Guidonia per lasciare Tony in sala prove.

In quel momento aveva pensato che avrebbe chiuso con tutto.

Il gruppo, le canne, la sala prove e Guidonia.

Nel periodo immediatamente successivo Enea e Dario ci mollarono. Dario dovette operarsi al cuore e per Enea quell'esperienza era stata fin troppo intensa. Nel 1992 a Mentana c'era stato un rave, "La Notte Della Purificazione", in cui un ragazzo che conosceva era "rimasto sotto" e altri due avevano perso la vita in un incidente stradale al ritorno dalla festa. Quanto aveva visto a capodanno non aveva fatto altro che confermare le sue teorie disfattiste.

In compenso Tony si trasferì da noi. Viveva in sala prove nutrendosi di pizza e merendine e aveva una buona dritta di calabresi per prendere il fumo. Io e Simon ci eravamo procurati un aggancio per acidi ed ecstasy provenienti dall'Olanda.

Iniziammo a spacciare.

Mai in sala prove, il nostro covo doveva rimanere tranquillo, anche perché se Angelo ci avesse sgamato sarebbe finito tutto in fretta e male.

Molto male.

Avevamo a disposizione due grandi piazze di spaccio: il liceo artistico che frequentava Simon e il liceo classico che frequentavo io, un concentrato di alta borghesia tiburtina dove se ritardavi di soli cinque minuti era come se fosse un oltraggio all'istituzione e dove godevo già di ottima fama.

Per fortuna i figli dei ricchi volevano drogarsi tanto quanto noi ragazzi della pineta comunale, se non di più, ed erano disposti a pagare bene pur di ricevere la droga a scuola senza sbattimenti e rischi.

Nel febbraio del 1995 avevamo budget sufficiente per comprare i Technics, e in sala prove comparve la console. I dischi erano ancora pochi e difficili da reperire, ma grazie a mia madre potevo andare a Londra con la scusa di stare un po' insieme.

Londra era caffè disgustoso e tempo pessimo, ma in quanto a dischi era il paradiso.

Alloggiavamo in un hotel di lusso in centro, lei doveva riposare e io potevo girovagare per la città in metropolitana. Passavo un'intera giornata a spulciare ogni singolo negozio di dischi alla ricerca di quelli giusti da mixare prima di rientrare in Italia con la merce.

A Coven Garden ce n'era uno in un seminterrato che aveva tutte le novità inglesi, europee e americane. A Camden Town, invece, c'era molto vinile usato e trovavi anche delle rarità, a patto di avere la pazienza di spulciare tutti i dischi nell'ordine casuale in cui erano stoccati.

Avevo conosciuto anche dei ragazzi indiani che vivevano in uno Squat il quale prima doveva essere stato un garage. Vendevano del fumo buonissimo in forma di ovuli che le loro donne ingerivano prima di affrontare il viaggio di ritorno dall'India e che poi, giunte a destinazione, espellevano con l'aiuto di qualche lassativo. Io stesso assistetti alla lunga permanenza in bagno di una di loro, con tanto di effetti sonori pirotecnici. Mi proposero un buon prezzo per un certo quantitativo, ma risposi che il giorno dopo sarei ripartito e non sarei mai riuscito a fumarlo tutto prima di allora. Poi capii che stavano parlando del mio culo.

La mattina all'alba mia madre stava affrontando la sua solita routine di preparativi mentre io, in bagno, cercavo il coraggio di spingere quei cinque ovuli dentro l'esofago.

Poi arrivò l'illuminazione.

All'andata ci separammo solo per un attimo quando io dovetti affrontare i normali controlli e lei passò dall'entrata adibita al personale aereo. Nascosi gli ovuli nel suo bagaglio a mano e tutto filò liscio come l'olio. Fortunatamente allora nessun aereo si era ancora schiantato contro il World Trade Center polverizzando lo skyline di New York.

Condivisi quella prelibatezza solo con Simon. Il week end successivo, quando mia madre partì per una tratta intercontinentale, rimanemmo due giorni interi sul suo divano. Ci alzavamo solo per andare in bagno, il resto lo facevamo sbragati come Homer Simpson: mangiare, bere, fumare, dormire e guardare a loop "Berlinguer ti voglio bene" e "The wall" dei Pink Floyd.

Un giorno, mentre eravamo chiusi in sala a mixare i nuovi dischi presi a Londra, sentimmo battere alla porta. Aprimmo ed entrarono quattro fasci della pineta.

Si comportavano come se fossero a casa loro.

«State messi bene qua, eh» disse Ivan, il capobranco.

«Dove sta la techno ci sto io!» aggiunse uno più basso e tozzo che sembrava il meno intelligente, saltellando a ogni passo.

Si guardavano intorno toccando tutto e dando per scontato fosse un loro diritto. Accarezzavano chitarre, piatti e amplificatori, forse volevano che dicessimo qualcosa in modo da avere una scusa per attaccarci.

Quella era la loro musica e noi la stavamo usurpando.

Ce n'era uno secco e alto che sembrava avere più sale in zucca degli altri. Rimase quasi sempre zitto e osservava la mia borsa dei dischi, per questo lo notai. Tenevo d'occhio le sue mani. Avevo paura di uno scontro, ma se avesse voluto prendermi i dischi avrei scatenato una guerra in cui sarei stato disposto a morire. Non glieli avrei lasciati.

«Che droghe avete?»

«Nessuna, stavamo solo mixando un po'» risposi.

«Sicuri che non avete qualcosa da squartinare?» chiese il tarchiato. «Quando sto troppo lucido divento violento.»

Ivan guardò Simon semisdraiato per terra, i capelli davanti alla faccia e un cannone in mano. «Sei il figlio di Angelo?»

Lui annuì.

Lo stesso fece Ivan. «Ci fai fumare o ti sei mangiato il pollo?»

I nazi si passarono la canna e la finirono, poi andarono via e noi potemmo tirare un sospiro di sollievo.

«Ludmilla» dissi a Simon.

«Che?» Non lo dava a vedere ma anche lui aveva ancora il cuore in gola.

«Si chiamava così la moglie di Ivan Drago: Ludmilla.»

«Fanculo lui e Ludmilla, non mi piace che 'sti stronzi abbiano imparato la via della saletta.»

Lo spilungone, Alessio, lo conoscevamo di fama.

Era un dj locale che aveva iniziato nell'89 con l'house e piano piano aveva progredito verso la techno.

Tra il 1993 e il 1994 aveva militato marginalmente nelle fila del "Virus", suonando a qualche serata con Freddy K.

Il giorno dopo, mentre camminavo verso casa, passò con lo scooter, un Piaggio Zip, mi vide, fece inversione e si accostò.

«Hai bei dischi» disse. «Sali, ti faccio vedere una cosa.» Si spostò più avanti sulla sella. Vedendomi titubante aggiunse: «Tranquillo, ti faccio vedere i dischi che ho io.»

Arrivammo davanti un garage.

Dentro non era molto grande, c'erano alcune attrezzature da mare, un tavolino con il mixer ma senza piatti e un piccolo impianto da casa con casse e amplificatore.

«Ho lasciato perdere la techno, non mi piace come sia diventato tutto, prima era diverso. Voglio trasferirmi a Londra, ma mi servono i soldi. Ho venduto già i Technics, i dischi invece preferisco darli a qualcuno che sia fuori da questo giro di merda.»

Aprì le borse e dentro c'era di tutto: Robert Armani, Leo Anibaldi, Aphex Twin, Automatic Sound Unlimited, Sounds Never Seen, Industrial Strenght, The Mover, Alien Signal e tanto altro.

«Ti propongo un accordo. Mi sta arrivando un pacco dalla Spagna e bisogna andare a prenderlo a Tiburtina. Se fai il viaggio per me ti vendo i due flycase per centomila lire l'uno. È un buon affare, no?»

Avevo una necessità impellente di ascoltare tutti quei vinili che non conoscevo, dalle grafiche colorate e fantasiose.

«Cosa c'è nel pacco?»

«Del fumo.»

«Perché non ci vai tu?»

«Ultimamente ho fatto troppi movimenti, ormai mi conoscono.»

Accettai.

Come da copione arrivai a stazione Tiburtina sul mio Booster. C'era un grande piazzale dove transitavano pullman da tutta Europa. Anche Tony era giunto lì con la linea Trebisacce – Roma.

Parcheggiai davanti a una pizzeria e aspettai dentro. Entrò un uomo nordafricano. C'eravamo solo io e un'anziana, quindi non dubitò. Venne da me e mi disse la frase concordata: «Dove va Alessio?»

«A Londra» risposi.

Annuì ed entrò in bagno. Quando uscì entrai io.

Il pacco era lì, inserito in un corpetto da legare al busto.

Lo osservai e capii subito che non era fumo, nonostante fosse ricoperto da vari strati di pellicola e nastro adesivo marrone.

Cocaina o eroina, probabilmente.

Mi prese il panico misto a rabbia.

Uscii dal bagno ma l'uomo era già sparito, così fui costretto a rientrare e indossare il corpetto. Piano piano mi avviai sulla Tiburtina in sella al motorino. Osservavo allo specchietto in preda alla paranoia. Su una Uno bianca, due uomini sembravano guardarmi. C'era traffico, l'auto non poteva starmi dietro ma si infilava in ogni spazio libero con arroganza e aggressività, emettendo sia in partenza sia in frenata fischi dalle gomme che aumentavano la mia ansia.

Sullo svincolo per l'autostrada, dietro il Verano, si crea un tale ingorgo che per alcuni tratti non si passa neanche con il motorino. Ero bloccato come loro, un centinaio di metri più indietro. Li guardavo dallo specchietto cercando di fare il vago, ma mi sembrava proprio che mi fissassero.

Due moto Enduro si accostarono all'auto e parlarono con il conducente, che mi indicò.

Cazzo, erano due "falchi"!

[*Non fermarti - Lory D – Antisystem*]

La coda di auto avanzò di qualche metro e si aprì lo spazio per passare. Sgattaiolai nel traffico mentre loro erano costretti a rimanere ancora fermi. In preda al panico, imboccai l'autostrada dal Verano. Era totalmente intasata. Corsi al massimo sulla corsia d'emergenza.

Le moto Enduro avevano molto scatto ma poca velocità a lungo. Il mio Booster era stato portato a 100 di cilindrata, carburatore 36, marcette corte e ingranaggi lunghi. Raggiungeva i 110 km/h ma era meglio non superare i cento, dato che l'aria imbarcata sotto faceva perdere aderenza alle ruote.

Adesso le moto mi stavano dietro e recuperavano quel piccolo vantaggio che avevo.

Ero fottuto.

Mi erano quasi addosso.

Feci un gesto disperato: sul ponte inchiodai e lasciai che mi superassero per avere l'effetto sorpresa. Non si fecero problemi a girarsi e tornare indietro contromano.

Presi lo skateboard dal portapacchi e guardai di sotto. C'erano tre metri di verticale, e una parete inclinata di una dozzina di metri finiva nel prato sottostante che arrivava fino alla siepe di separazione con la strada.

Droppai.

L'impatto della caduta verticale si trasformò in velocità sulla parete inclinata e mi sparò verso il prato a velocità folle, passando attraverso la siepe. I ramoscelli fitti assorbirono l'impatto.

Ero tutto intero.

Lasciai lì lo skateboard e iniziai a correre.

Se fossi stato ripreso, sarei stato degno di comparire in un video della Powell Peralta.

Uno dei due poliziotti guardò giù. Guardò me e di nuovo giù. Probabilmente pensò che il misero stipendio che percepiva non valesse quel salto. Era incazzato nero e mi gridava di fermarmi. Tirò fuori la pistola e sparò in aria, ma io correvo come Carl Lewis nella pubblicità della Pirelli con la colonna sonora di Aphex Twin.

[*Caustic Window – The Garden Of Linmiri*]

Corsi a più non posso e, giunto su una strada secondaria, vidi un autobus in partenza dalla fermata e ci saltai su.

Li avevo seminati. Dal motorino rubato non sarebbero risaliti a me, tantomeno dallo skateboard.

Ecco perché Alessio voleva che ci andassi io: sapeva del rischio e si era tutelato.

Dovetti fare un giro assurdo per tornare a Guidonia. Ci vollero tre autobus diversi ma almeno ero uscito dalla rete di pedinamento.

Arrivato in sala prove, parlai con Simon dell'accaduto e portammo il pacco a casa sua. Nessuno sarebbe andato a disturbare Angelo. Lasciato lì il pacco, andammo all'appuntamento con Alessio.

Gli dissi che l'accordo era cambiato. Il pacco non conteneva fumo, c'erano le guardie ad aspettarlo e io avevo rischiato l'osso del collo.

I flycase me li avrebbe dati gratis, e così fu.

Le borse dei dischi contenevano svariate rarità tra cui molte release del biennio 1991-92 ormai introvabili. Il nostro sound system fece un enorme balzo in avanti con quel materiale, e per giorni non ci facemmo vedere fuori dalla saletta. Quando ritornai alla luce del sole, ancora pieno di lividi e graffi per essermi catapultato attraverso una siepe, il popolo della pineta mi guardava in modo diverso.

Non ero più un invisibile, adesso mi consideravano.

Anche Ludmilla, mi rivolse la parola, e io rimasi estasiato ad ascoltarla. Ci sarei rimasto anche tutto il giorno se avesse voluto.

Era bellissima, molto alta e mascolina, con jeans e Airmax. Aveva capelli corti a spazzola biondo platino ed enormi tette che impedivano la chiusura del bomber che indossava e che lasciavano presagire un corpo tutt'altro che maschile. Mi parlava di come una sua amica avesse rischiato di essere investita mentre era fatta di Roipnol e io annuivo sognante.

Nei mesi successivi facevo sega a scuola per chiudermi in sala prove a imparare il mix. Mettevo su un disco bello lungo, selezionavo sul preascolto in cuffia l'altro e iniziavo a modulare il tempo con il "pitch control", aggiustando il tiro con alcuni colpetti per rallentarlo sulla base del piatto o con leggere spinte con il dito vicino al centrino del vinile. Era come suonare il riff con la chitarra a tempo con la batteria, ma in questo caso gli strumenti erano due dischi.

Quando mettevo in battuta due casse, nella mia testa vedevo due cerchi che cercavano di sovrapporsi, e quando ci riuscivo suonavano come una nota sola ma cangiante, a volte annullandosi a vicenda, a volte caricandosi l'un l'altra.

Li avevo agganciati.

Ogni traccia si imprimeva nella memoria contando le battute che rimanevano prima del cambio da sfruttare per tagliare il suono al momento giusto.

Catalogavo mentalmente i dischi con sonorità affini che viaggiavano bene insieme, aggiungendo frecce al mio arco. Rimanevo chiuso lì dentro fino alla sera e i progressi iniziavano a vedersi. Inoltre potevo fare il dj in solitaria senza dover sottostare alle paturnie degli altri, come in una band. Frequentavo i rave partendo da Guidonia, ma molti di quelli che si univano a noi non erano interessati alla musica o al concept come me, erano più per lo sballo fine a se stesso. Per me non era così, c'era molto di più.

Ero in un loop.

Nel week end frequentavo feste e rave dove scrutavo tutti quelli che mixavano, immagazzinavo musica nel cervello. Osservavo i loro dischi e memorizzavo i loghi delle etichette così da riconoscerli a prima vista nelle estenuanti ricerche nei negozi di musica. Durante la settimana, chiuso in sala riprovavo il tutto, registrando i miei set su cassetta. Li riascoltavo per capire cosa andasse bene e cosa no. La sala prove si era evoluta in un info point spontaneo, e spesso qualcuno si affacciava a girare una canna ascoltando i mix e scambiando informazioni sulle prossime serate.

Ogni sabato si partiva alla volta di un rave. Bufalotta, Tor Cervara e la Pontina divennero località di punta nella nuova geografia urbana, e le discoteche alle quali non potevamo accedere erano vuote con i proprietari increduli su come fosse potuto accadere da un giorno all'altro. Quando non c'era il rave facevamo comunque festa al Forte Prenestino, all'Auro e Marco di Spinaceto e a Spaziokamino, che nel frattempo era diventato SPZK.

Per noi che partivamo da Guidonia e prendevamo due autobus, la metropolitana e un trenino, Ostia sembrava la California. In pratica, però, era come da noi: fasci, incidenti d'auto, motorini rubati, risse e gente sconvolta. Tuttavia lì c'erano anche il mare e SPZK.

Il primo Plastik fu clamoroso.

Arrivammo a Ostia intorno a mezzanotte, a bordo della Renault 5 di un nostro amico, e una volta a destinazione parcheggiammo sul retro. Dall'interno, la cassa dritta pompava forsennata facendo tremare i vetri della struttura. Sembravano pallonate su una serranda a ritmo continuo.

Una volta dentro, lo spazio era bellissimo: spalti che creavano una sorta di anfiteatro, persone tra le più variegate che ballavano sui terrazzamenti, sull'anello superiore e al centro dell'arena. Il soffitto a volta, sorretto da lunghi archi di cemento, finiva nella parete centrale in un enorme murales raffigurante un'ape con tenaglie meccaniche simile agli antagonisti dei Robot Manga degli anni '80.

Il Tempio della Pezza, mai soprannome fu più appropriato.

Impiegammo un po' per capire dove fosse posizionata la console. Era in alto, sulla balconata superiore, contornata da persone perse nel loro ballare liberatorio, tutti rivolti verso il centro. L'energia nell'aria era palpabile, la musica incredibile, la cassa dritta il nostro mantra. Dalle casse usciva tanta techno dei primi rave del '92, quella che piaceva anche ai fasci, e infatti ce n'erano parecchi. Avevano ancora il bomber ma non più lo scudetto dell'Italia e il saluto romano manifesto: la metamorfosi era iniziata.

Tra quei bomber ne riconobbi uno in particolare: quello che conteneva due enormi tette.

Era lei, e poco distante anche gli altri.

Avevano sempre frequentato Ostia per traffici vari con i coatti autoctoni. Alcuni di loro si erano conosciuti sotto il militare. Esisteva una sorta di gemellaggio e ora erano lì, orfani dei loro Bresaola e Sotto'n Treno.

Adesso la techno si ballava agli illegali e gli illegali si facevano anche nei Centri Sociali come Spaziokamino.

Simon stava già ballando senza maglietta sugli spalti, io mi aggiravo nella zona in basso cercando di ritrovare gli altri che erano con noi per organizzarci le droghe.

Qualcuno mi afferrò per un braccio. Ivan sembrava ubriaco. Mi strillò nelle orecchie se avevo delle dritte per la droga poiché le pasticche che aveva erano troppo "morfinose".

Non mi andava di aiutarlo, tantomeno di mostrarmi suo amico. Poteva raccontare alle persone lì dentro che era uno tranquillo e non un fascio, ma io ricordavo benissimo i racconti che gli sentivo fare meno di un anno fa, quelli in cui si vantava con gli altri di come avessero preso quel "vu cumprà" a Ladispoli e di come lo avessero bastonato con i manici degli ombrelloni per divertirsi, in branco, cinque contro uno, come le pippe.

Sfruttai la sua scarsa reattività dovuta alla morfina per svicolare tra la folla. Dalle casse dell'impianto avanzava la marcia imperiale di "The Mover" [*The Emperor takes place*] prima di lasciare il posto a "Sound and Direction" [*Alkaline 3Dh - Magnetic North Records*], mentre io mi ricongiungevo con Simon e iniziavamo a impastare con le braccia, come tentacoli impazziti, quel bassline aggressivo di preparazione prima che il suono si stabilizzasse e il pitch lo portasse in alto.

Sempre più su.

La gente urlava.

L'attesa della cassa diventava insostenibile.

Ancora più su.

Eccola, eccola.

Dai.

Sofferenza.

L'impatto del beat deflagrava insieme al boato del pubblico mentre le endorfine si lanciavano lungo la mia spina dorsale in un edonistico trionfo di libidine e autocompiacimento.

Non mancarono neanche Tetris e Hit Hard, oltre a qualche pezzo di Aphex Twin.

Rincontrando persone conosciute ai rave precedenti, ci abbracciavamo e ballavamo tutti insieme, condividendo gomme da masticare, uno spino, qualche quartino o un po' d'acqua.

Sandrino, in particolare, era "l'organizzato". Aveva militato nella prima scena rave 1990-92 e conosceva le necessità. Nel suo gilet multitasche non mancavano mai sigarette, accendini, cartine, cartoncino per i filtri, gomme da masticare, acqua, fazzoletti.

Ballammo finché dai finestroni in alto il cielo non divenne più chiaro. Il viaggio fino a casa era lungo e volevamo farlo scortati dall'oscurità. In macchina ci sparammo un mio mix a tutto volume e a me sembrò molto meglio di quanto pensassi.

Tornati a Guidonia ci dividemmo, e io e Simon optammo per un'ultima canna allo "Specchio d'Acqua"

[*Riccardo Rocchi – Sandy beaches and warm crystalline seas*].

Era un luogo magico per noi. Dalla strada imboccavi una traversa laterale di strada sterrata fino alla torretta dell'Enel. Tutt'intorno la vegetazione era fittissima, composta per lo più da rovi che avevano anche le more. La grata di protezione sull'unica finestra della costruzione era un ottimo appiglio per arrivare al tetto, da cui si godeva di un panorama mozzafiato. La cava di travertino sottostante era piena d'acqua: probabilmente era successo quando gli scavi avevano raggiunto la falda acquifera sottostante. Le pareti bianche a picco verticale di circa tre metri rendevano l'acqua immobile di un colore tra il celeste e il verde chiaro. Sullo sfondo, il cielo arancione preannunciava l'arrivo del sole da dietro le montagne e le gru in controluce sembravano enormi patiboli.

Era il nostro posto, ci andavamo quando volevamo un momento di raccoglimento solo per noi.

Nessuno degli altri lo conosceva.

Iniziai a rollare.

«Quella ti piace, eh?» disse Simon.

«Chi?»

«Non fare lo stronzo. Ludmilla. Quando la vedi diventi un coglione.»

«È così evidente?»

«Sì. Non prevedo nulla di buono.»

«Tanto se sta con Ivan non ho speranze.»

«Secondo me non le avresti neanche se fosse sola.»

«Grazie, sei un amico.»

«Dovere. Quando l'amore ti rende coglione sta agli amici spiattellarti la verità.»

Rise e io gli strizzai il lobo dell'orecchio con le dita.

Cazzo se aveva ragione.

Gli passai la canna e mi misi in piedi per tirare qualche sasso nell'acqua. I cerchi concentrici che generavano cadendo sembravano espandersi all'infinito.

Le ecstasy erano meglio per le feste, ti davano carica, empatia e godimento ed erano più gestibili. Anche l'atterraggio era più morbido.

Sul bordo laterale della cava vidi un cane. Annusava a terra, alzò la testa e mi guardò prima di sparire dietro i grossi cubi di travertino. Era simile a quello che avevo visto in spiaggia dopo il falò.

«Scusa, non volevo spaventarti!» gridai.

«Con chi ce l'hai?» chiese Simon.

«Il cane lì sotto.» Indicai il luogo dove ormai non c'era più.

«L'unico cane qui è davanti a me e non vede l'ora di farsi mettere il guinzaglio dalla sua bella biondona.»

«Coglione.»

Il movimento rave a Roma cresceva a vista d'occhio. A ogni party il numero delle persone aumentava. Molti fasci si stavano convertendo a un approccio più socievole e non violento. Anche se rappresentavano l'opposizione a quel movimento venivano lasciati entrare, magari con il bomber indossato al contrario per nascondere lo scudetto dell'Italia, diventando una specie di hare krishna redenti urbani. Li riconoscevi subito anche così, poi abbandonarono il bomber in favore di felpette colorate dell'Adidas stile anni '70 che andavano molto tra i ravers.

Il movimento nazi-fascista di quegli anni era soprattutto figlio dell'ignoranza e della mancanza di empatia tra le persone. La controinformazione e la promozione della controcultura attraverso Fanzine, info point sull'uso e abuso delle sostanze e luoghi di aggregazione vari stavano dando i primi frutti.

Ballavamo tutti insieme, fianco a fianco, verso un muro di casse che ci nascondeva la grande incognita del futuro.

Vivevamo solo "qui e adesso" ed era bellissimo.

Il mondo come lo avevamo conosciuto fino ad allora sembrava avere le ore contate: eravamo giunti alla data di scadenza del "prodotto" esistenza.

Dalla metà degli anni '90 si respirava un'atmosfera da fine del mondo. Non si sapeva bene cosa sarebbe accaduto allo scoccare del 2000, quindi tanto valeva abbandonarsi a un edonismo psicotropo fatto di musica, droghe e corpi cangianti in continuo movimento.

La svolta come dj per me capitò a giugno del 1995, quando Sandrino portò in sala prove un suo amico dj di Fiano Romano. Si chiamava Marco e mixava sin dal 1985 funky e bigbit. Del mondo techno maneggiava solo materiale d'autore come Underground Resistance, Aphex Twin, Marco Passarani e Riccardo Rocchi. Aveva una grande cultura musicale e passammo un'ottima serata ascoltando vari dischi e provando qualche mix.

Stava organizzando una serata al centro sociale Valle Faul di Viterbo in cui avrebbe partecipato anche ADC, un progetto romano che aveva appena pubblicato un disco manifesto della scena rave industriale: "First Assault" [*X-Forces 001*].

Marco e ADC avrebbero suonato roba più ricercata e "spezzata", quindi avevano bisogno di un paio di dj che mettessero techno e hardcore più in linea con le abitudini del pubblico.

Provai il set fino alla nausea nei giorni precedenti, ma nonostante questo quando toccò a me mi tremavano le mani in maniera tale che non riuscivo a posizionare la puntina all'inizio della traccia.

Iniziai con Dj Hyperactive su etichetta Drop Bass Network, un hardcore techno acid americano, e la paura si trasformò subito in fomento vedendo le persone ballare davanti a me.

In quel momento conobbi il "Flow", che ancora oggi è la mia droga preferita.

Il mio set proseguì con dischi hard techno come Urban Primitivism, Waveform di Jeff Mills e "Roland goes mad in Boscaland", per finire con un disco al quale sono estremamente affezionato: Turbulence, "6 Million Ways To Die".

Lo suonai per intero con l'intro di "My Way" fatta dai Sex Pistols e poi la devastazione hardcore industrial. Dopo di me suonò una altro pischello, Tommyknocker, che avrebbe sgabberato forte da lì in poi.

Venne a farmi i complimenti per la scelta musicale una ragazza, Anna Bolena, che mi disse di passare al Forte Prenestino dove si stava creando un collettivo di persone. A quel primo incontro andammo solo io e Simon, eravamo i più giovani lì in mezzo, pischelli di periferia spaesati ma affamati di conoscere più cose possibili su quel mondo che si andava delineando intorno a noi senza che ce ne rendessimo conto.

Lì conoscemmo altre persone come il Gighen e il Capoccione, due dj della Zona a Rischio di Casalbertone, e Giorgio Superman, con i quali iniziammo a frequentarci condividendo dritte sul mix, dischi e soprattutto serate al Forte e ovunque si spostasse la crew. Anna, il Cichitone e Swaiz erano autori di varie Fanzine che prendevamo sempre dai banchetti e leggevamo avidamente. Erano i promotori della controinformazione della scena rave, persone di grande spessore culturale provenienti dal movimento universitario ed estremamente attive anche nell'organizzazione dei rave.

Il Cichitone, in particolare, sarebbe potuto essere tranquillamente un docente universitario per le sue nozioni e capacità oratorie. Quando parlava sembrava di essere alla N.A.S.A., e se l'avessi presentato a mia madre sicuramente sarebbe piaciuto anche a lei.

Per noi abituati all'ignoranza e alla violenza del muretto di periferia, quella situazione era un salto nell'iperspazio degno del Millenium Falcon.

Anna apprezzava il mio gusto musicale e le mie capacità ai piatti: fu lei a inserirmi nelle prime line up al Forte.

A Simon non interessava l'esibizione come dj, si limitava a mettere i dischi in sala prove. Aveva uno stile tutto suo, non cercava i passaggi tecnici ma metteva su una selezione di dischi come se fossero la colonna sonora del suo personalissimo viaggio, e quello gli bastava.

Per me invece mettere i dischi e progredire in quel percorso era quasi un'ossessione; non saprei dire perché, dovevo farlo e basta, ero come un tossico e il mix era la mia eroina.

Partecipavamo alle riunioni e ai sopralluoghi nei capannoni per decidere le location utilizzabili. Cercavo di stare in mezzo il più possibile, di partecipare e di assimilare tutto quello che potevo, ma per essere in console non serviva sgomitare, c'era posto per tutti: le feste duravano parecchie ore e i dj con una buona tecnica e la musica giusta non erano poi così tanti.

Tutto quel fermento sembrava aver distolto per un po' la mia mente dalla bella bomberina, ma quando un giorno la vidi alla pensilina del bus, passando con il motorino, che mi faceva cenno di fermarmi, il cuore iniziò a pompare BPM hard techno. Mi chiese un passaggio, salì dietro e per reggersi mi abbracciò completamente. Le sue tette spingevano sulla mia schiena e ne ero inebriato.

Durante il tragitto mi chiese dei rave e dei miei dj set.

«Dicono che sei bravo.»

«Sì, mi piace molto mixare.»

«Allora qualche volta ti vengo a sentire.»

Non sapevo se intendesse alle feste, allora avrei avuto un motivo in più per rompere il cazzo a tutti per suonare, o se intendesse in sala prove. Magari io e lei da soli.

Quel pensiero di intimità con lei mi faceva diventare lo stomaco uno stagno pieno di ranocchie moleste, anche nei giorni successivi ripensando a quella frase. Mi lavavo di più e indossavo solo le mutande buone, non so bene neanche io perché. Ogni giorno, in saletta, mentre mi allenavo immaginavo la luce rossa che si accendeva e lei che entrava. Se fosse accaduto veramente, Simon si sarebbe smaterializzato all'istante per lasciarci soli.

Ma non accadde.

Accadde invece che un giorno, mentre girovagavo con il motorino, la vidi con Ivan. Erano a cavalcioni sul muretto della pineta come se fossero stati in sella a una moto, lui l'abbracciava da dietro e lei rideva per quello che le stava sussurrando nell'orecchio.

Ero confuso e mi sentii un ragazzino stupido che aveva talmente poca dimestichezza con queste cose da aver frainteso tutto.

Andai in saletta per cercare Simon ma non c'era, mi feci un giro e lo trovai in sala giochi intento a finire l'ultimo quadro di "Street Fighters" con il suo personaggio preferito: Blanka.

«Che fai?» chiesi.

«Sto facendo il culo a questo fighetto del cazzo» rispose senza distogliere lo sguardo dallo schermo.

«Lo vedo, intendo dopo.»

Il fighetto vinse.

«Fanculo! 'Sto pezzo di merda!» Diede un paio di manate al videogioco e si girò verso di me. «Che vuoi fare dopo?» Mi guardò meglio e aggiunse: «Che è 'sta faccia?»

Gli raccontai come mi sentivo.

«Adesso te lo dico io cosa facciamo. Mi accompagni al Motor Club che devo fare un paio di cose con Angelo, poi te ne vai a casa, ti fai una doccia e una bella sega, mi ripassi a prendere e andiamo all'Auro & Marco che devo vedere una tipa. Magari ha un'amica, così la smetti di pensare alle nazi-tette.»

Nel settembre del 1995 fecero una festa a Tor Cervara, nel seminterrato di un capannone industriale ancora in costruzione. Sopra era solo uno scheletro di cemento armato, sotto uno spazio che probabilmente doveva diventare un parcheggio sotterraneo.

Fu una delle prime feste in cui noleggiarono un Service Audio serio e con un bel wattaggio. Era anche la prima a cui andammo con la mia Uno Sting appena ereditata da mio nonno, a cui ormai non rinnovavano più la patente.

Appena entrati calammo la prima pasticca.

La gabber pompava forte dal sound system, e quel sound da guerriglia urbana in qualche modo velocizzava le operazioni di sottoscrizione all'ingresso al grido di «Uno scudo alla mano.»

Il soffitto era basso, quattro metri circa, ma l'ampiezza era enorme. Sul muro in fondo capeggiava un murales a tutta parete con il simbolo della radioattività e la scritta "Stop Mururoa". Appoggiati contro il muro, a coprirgli le spalle, c'erano i fasci della pineta, spaesati e guardinghi. Sembravamo noi l'anno prima sul loro muretto di fronte all'aeroporto.

Il mondo si era girato, noi eravamo i protagonisti della scena techno e loro gli osservatori ai margini.

Mi salutarono calorosamente adesso che erano lì, nel mio habitat. Simon tirò dritto mentre Ludmilla, euforica, mi mise in bocca un'altra pasticca. Appoggiato al muro Ivan mi fissava e fece un lieve cenno di saluto alzando il mento. Dalle casse dj Stickhead gridava distorto il nome dell'etichetta: «Kotzaak!»

Alle feste io e Simon non spacciavamo, le scuole ci bastavano e al rave volevamo pensare solo alla musica, o al massimo a scopare, nel caso di Simon. C'era tantissima gente e grossa frenesia di acquisto e scambio di pasticche e trip. Spinto dalla fiumana in movimento proseguii verso la console, incrociando un ragazzo della Zona a Rischio che, già in preda all'euforia empatica dell'ecstasy, mi baciò e mi infilò un'altra pasticca in bocca.

Ritrovai Simon per un attimo e gli dissi gridando per sovrastare la musica: «Incredibile, ho appena ingoiato tre pasticche e sono ancora lucido.»

Fu l'ultima cosa sensata che dissi.

Ballai come un ossesso per tutta la notte. Passarono ore di cui non mi accorsi, e rimasi a petto nudo per il fuoco che mi bruciava dentro. La versione di "Something for your mind" su "Brain 2" sembrava fondere la vecchia scena rave dei primi '90 con la nostra più acida e veloce. Intravidi Simon baciarsi con una ragazza al centro del dance-floor.

Improvvisamente mi accorsi che mi stavo per pisciare addosso e cercai di allontanarmi perché dal momento che l'avevo percepita, la necessità divenne impellente. Stavo rischiando di pisciarmi addosso o di tirarlo fuori e pisciare addosso a chi avevo intorno.

Salii delle scale che portavano al piano superiore. Era buio e della musica, ovattata dal cemento, arrivava solo il basso. In cima alle scale un uomo dormiva seduto a terra, la schiena appoggiata al muro e la testa in avanti con il mento sul petto. Il laccio emostatico ancora intorno al braccio e una siringa sporca vicino. Proseguii più avanti e pisciai contro una colonna; poco lontano, una coppia cercava di scopare senza successo.

Fui attratto da quello stanzone industriale enorme e vuoto, e cominciai a esplorarlo. Inciampai in qualcosa rischiando di andare muso a terra: erano dei tubolari in ferro per il cemento armato. C'erano anche delle molazze e altri utensili. Percepii una sensazione di pericolo: ero strafatto di ecstasy e camminavo al buio in un cantiere.

No buono, meglio tornare al dance-floor.

Di fuori albeggiava e il Treccia aveva già iniziato a montare il sound più piccolo nella sala sul retro. Lì avremmo fatto l'after, mentre nell'altra sala il Service smontava il sound più grande. Questo gli garantiva un'uscita di scena sicura in caso ci fossero state le guardie. Con il sound più piccolo la gente rimaneva a ballare e il furgone andava via indisturbato. Verso la fine smontavano anche i Technics e lasciavano un walkman con un'ora di mix in cassetta: se le guardie fossero entrate, nessuno avrebbe rivendicato la proprietà del sound piccolo, considerato sacrificabile.

Andai fuori a prendere i dischi in macchina e trovai la portiera piegata dall'esterno. Dentro non avevano preso nulla, lo stereo non era mai stato installato e i cavi penzolavano dal vano vuoto, privo di slitta. Il bagagliaio non l'avevano aperto, fortunatamente. L'effetto dell'ecstasy non permise a quel fatto spiacevole di intaccare la mia euforia. Me ne fregai e risi pensando a quel ladro più fatto di me, probabilmente.

All'after finalmente suonai anch'io.

Le paste erano calate quel minimo che mi consentiva di esibirmi, ma comunque mi davano estrema sensibilità simbiotica con il dance-floor.

Iniziai con "Zekt – Godly Obscurity" su Drop Bass Network, ma mixai anche molta sperimentale a "cassa spezzata".

Tra le persone riuscii a riconoscerla: la moglie di Ivan Drago.

Mi guardava in modo strano.

Io stavo cavalcando il mio mix sotto effetto dell'Mdma, il che rendeva la pratica simile a un atto sessuale. Mi sentivo come nell'attimo prima di un orgasmo, ma la sensazione era prolungata e stabile con pulsazioni di intensità che inebriavano.

Lei, sul dance-floor, sembrava provare lo stesso.

Sulla spinta della musica, le entrate precise di un kick nell'altro erano la penetrazione erotica che trova il suo naturale collocamento.

Quando lasciai la console a un altro dj notai che dalle aperture in alto entrava la luce del giorno e i volti apparivano in tutta la loro innaturale smorfia di sfinimento fisico ed euforia lisergica.

Cercai Simon, era ora di rientrare, ma niente.

Probabilmente era sparito con la tipa di prima.

Qualcuno mi abbracciò da dietro. Mi girai e vidi il viso di Ludmilla vicino al mio, sorridente. Le pupille e i pori della pelle dilatati, ma ugualmente bella come sempre.

Era l'unica lì in mezzo a cui la luce del giorno non toglieva nulla, anzi.

Sentii il suo odore e lei il mio e le sue labbra morbide sulle mie. Le nostre lingue si unirono per un attimo, ma erano come la moquette degli appartamenti londinesi.

Scoppiammo a ridere.

Questo mi riportò alla realtà. L'idea che Ivan fosse nei paraggi e avesse assistito alla scena mi gelò il sangue.

Ludmilla mi prese la mano e mi portò fuori. «Torno con te?» disse.

Quando uscimmo erano le prime ore di una domenica soleggiata. La mia auto era ormai rimasta sola lontano dal capannone e vicino a un prato. Appena a bordo non mi diede il tempo di realizzare che mi era già sopra. Le sue tette davanti al mio viso. Alzò la maglietta e io ci infilai la faccia in mezzo. Ci baciammo con foga mentre cercavamo di levarci i vestiti di dosso. Mandai indietro il sedile mentre lei mi sbottonava i pantaloni. Mi prese il pene e lo infilò dentro di sé per quelli che furono i sette secondi più belli della mia vita. Provai imbarazzo e l'aver parlato poco e di tutt'altro durante il viaggio di ritorno non aiutò. Arrivati nei pressi di Guidonia, si aggiunse anche il terrore di essere scoperto da Ivan.

Dopo quel primo imbarazzante incontro pensai di non rivederla più, invece si fece viva in saletta. Rimasti soli facemmo ancora l'amore, un po' meglio questa volta. Vederci lì la sera tardi divenne un'abitudine, e i giorni dopo a scuola ero uno zombie.

Sembrava attratta dal mio essere imbranato sessualmente, e nei successivi incontri si assicurò di insegnarmi per bene come voleva lo facessi. Mi stava forgiando a suo personale utilizzo, come un giocattolo di carne.

Provavo una sensazione incredibile: facevo parte del movimento rave e avevo rapporti sessuali con Ludmilla Drago. Camminavo a dieci centimetri dal suolo.

Certo, i miei dj set erano in apertura o chiusura, nei momenti salienti suonavano altri che avevano giustamente più esperienza di me, ma in quelle feste suonare alle sei del mattino voleva comunque dire mettere musica davanti a mille persone che di certo non erano lì ad ascoltare distratti un dj che alimentava genericamente un situazionismo alla moda. Erano persone che, sotto l'influsso delle droghe, stavano facendo il loro viaggio e mi affidavano fiduciosamente il timone della nave su cui navigavamo in rotta per l'infinito. Una bella responsabilità e gli errori non erano ammessi: chi storceva le battute con assonanze ritmiche non suonava. Non per cattiveria, ma perché l'errore provocava nella mente di chi ballava situazioni di angoscia e malessere.

Ad aiutarmi furono i due flycase pieni di dischi di Alessio. Molti di quei dischi li avevano solo i grandi dj del primo periodo rave legale, e loro erano già grandi professionisti. Averli al rave illegale non era facile e spesso, quando accadeva, si erano già distaccati da quel tipo di sound e proponevano sonorità più all'avanguardia e ricercate. Avevano prodotto una grande quantità di hit nei primi anni '90, e magari nel frattempo avevano realizzato altri album. Accadeva che quelle hit le mettessimo noi pischelli fomentati e ricettivi, a patto di averle nella borsa dei dischi, ovviamente.

Ognuno di quei dj aveva uno stile ben definito, e quando mi capitò di incrociarli in qualche backstage compresi come tutti quanti fossero mossi da un'enorme passione musicale.

Lory D rimaneva una delle figure più avvolte nel mistero. La sua fama di freestyler dalla grande tecnica e dal sound scuro e ipnotico animava le leggende metropolitane della capitale. Quando uno dei maestri del "Suono di Roma" si esibiva a un illegale e girava la voce che c'era "uno forte", quel personaggio finiva sempre per essere Lory D, anche se poi sulle rive del lago di Martignano si esibivano Leo Anibaldi o Max Durante.

L'intera scena si supportava mediaticamente solo con il passaparola e le informazioni spesso si distorcevano lungo il tragitto.

La reperibilità della musica è un aspetto fondamentale per capire quel periodo storico. Oggi, quando vai a una festa la musica che ascolti ce l'hanno tutti: dai partecipanti all'evento, agli organizzatori, al proprietario del locale, oltre che ai dj, ovviamente. Questi ultimi acquisiscono importanza, allora, solo per le capacità mediatiche, ossia per quante persone la loro presenza porta alla festa.

All'epoca era l'opposto. C'era la location, c'era gente in abbondanza e un impianto audio di tutto rispetto. Ma la musica l'avevano solo i dj, e neanche tanti. La nuova ondata di hard acid e industriale che ci piaceva tanto la avevamo in pochi grazie a ricerche estenuanti all'estero, arrivando per primi da Remix per aggiudicarci una delle tre copie che giungevano o, come nel mio caso, volando giù da un ponte con lo skateboard.

Un esempio fra tanti: ascoltai per radio una traccia di cui mi innamorai subito. Era un hardcore gabber dai suoni trance. Iniziava con una voce che recitava alcune frasi di cui capivo solo "system... and just... inhumanity... in the society headworks." Tentai per mesi di capire cosa fosse. Dal tipo di sound ritenevo plausibile cercarlo su qualche etichetta nord europea tipo Ruffneck o Harthouse. Finalmente, canticchiandola al Gighen, mi disse che il disco si chiamava Cyclopede. Iniziai una ricerca che durò almeno un anno, poi finalmente in un negozietto di dischi usati a Camden Town mi capitò tra le mani un disco della K.N.O.R. Records, Cyclopede, Chemical Warfare. Lo comprai per pochi spicci, convinto di avere il colpaccio tra le mani, ma tornato a Guidonia ebbi l'amara delusione. Lo stile era simile, l'autore era quello, Cyclopede, ma la traccia non c'era; probabilmente si trovava in un'altra release. Anni dopo, quando eravamo già in piena era Internet, riuscii a scoprire il titolo, Prison System, e lo acquistai usato su un sito di vendita online quando ormai l'era dei rave a Roma era tramontata e io come dj avevo virato verso altri generi.

Quel disco dovevo averlo, però.

Credo che questa, come tante altre cose, distingua oggi un dj da un PR che mette musica.

Le cose procedevano a gonfie vele, in sala si mixava alla grande e Ludmilla mi rapiva non appena avevo finito con i dischi. Ci appostavamo al "cinese", un promontorio da cui si godeva di un'ottima vista. In lontananza le luci della città formavano un triangolo con sotto due segmenti speculari leggermente all'insù. Un altro più lungo e dritto si trovava poco sotto. Sembrava per l'appunto un cinese che rideva. Facevamo l'amore e rimanevamo lì a guardare le luci lontane fumando una canna e ascoltando i miei mix in cassetta nello stereo che nel frattempo avevo montato sulla Uno.

Ero affascinato dai suoi racconti dei rave che mi ero perso: Bresaola, Andrew Rave e le serate al Club Momà. Ascoltavamo "Atomic" e "House of God" discutendo su chi fosse meglio tra Walter One, Lory D o Leo Anibaldi. Le avevo anche raccontato del suo soprannome e di Ivan Drago e ne avevamo riso. Si chiamava Katarina Kovacic, in realtà, ma non le piaceva, preferiva Ludmilla e così la chiamavo. Era nata a Zagabria e viveva con la nonna.

Non ci facevamo mai vedere in pubblico, non serviva.

Il nostro rapporto era così e non chiedevamo di più.

Una sera, mentre ero in saletta con Simon, Sandrino e gli altri, udimmo delle grida fuori in strada. Non capimmo le parole, ma chiunque fosse era incazzato nero. Io però riuscii a distinguere chiaramente il mio nome tra quelle grida e qualcosa di simile a: «Arghhhhhzzo!»

Uscimmo a vedere. I nostri motorini erano a terra; probabilmente tra musica, chiacchiere e l'insonorizzazione ci era sfuggito. Le grida invece non si potevano non sentire.

Mi affacciai sulla strada, la vedevo per tutta la sua lunghezza, dritta e illuminata solo dai lampioni intervallati a distanza di alcuni metri. A metà si intravedeva una figura in controluce che avanzava verso di me.

Questa volta il grido lancinante e sbiascicato si capì distintamente. Era il mio nome seguito da: «Ti ammazzo.»

Era Ivan Drago con tutta la sua minacciosa stazza e pericolosità.

Camminava strano, però, curvo lateralmente, e anche il modo in cui infilava un passo dopo l'altro era strano, stentato, sembrava uno zombie uscito da un film di Romero. Continuava ad avanzare; Simon e Sandrino erano rimasti dietro di me sulla porta della saletta.

Quando Ivan passò sotto il fascio di luce del lampione, un riflesso mi rivelò che aveva un coltello in mano.

Mi cagavo sotto dalla paura, le gambe inchiodate. Non riuscivo a dire nulla anche volendo. Una scarica di adrenalina mi attraversò la schiena fino al collo.

Arrivato a un metro da me, si fermò fissandomi con quegli occhi vitrei, opachi, come i cani anziani che hanno la cataratta.

Ansimava.

Lasciò cadere il coltello, mi gettò le braccia al collo in un abbraccio di peso con le gambe molli e iniziò a singhiozzare come un adolescente. Io ero più pietrificato di prima, forse avrei preferito mi desse una coltellata.

«Falla fhhheisce... tu... evi... arla... eisce...»

Credo stesse dicendo di farla felice; Ludmilla, suppongo.

Indietreggiò, barcollò e cadde a terra privo di sensi.

Mi girai a guardare gli altri. Si avvicinarono e in semicerchio lo osservammo dall'alto.

«Che cazzo facciamo?» chiesi.

«Lasciamolo qui, qualcuno verrà a raccattarlo» rispose Simon.

«Non possiamo lasciarlo qui, se passa una macchina lo calpesta.»

«Portiamolo a bordo strada. Questo sta fatto di Roipnol, domani non ricorderà nulla» intervenne Sandrino.

«Certo, ma se si risveglia nella via della saletta non pensi ci verranno a cercare?»

Sandrino non era il più sveglio tra noi.

Lo caricammo a spalla in due, io e Simon, come certi soldati fanno in prima linea nei film di guerra, e ci avviammo verso la pineta. Arrivati al parco giochi trovammo tutta la comitiva strafatta di Roipnol: chi barcollava agitandosi e spintonandosi con un suo simile, chi strillava frasi senza senso tra cui l'immancabile tributo al Duce, chi dormiva sulla panchina.

Le Roipnol erano andate alla grande, quel giorno.

Giunti lì, appoggiammo Ivan al muretto.

«Cazzo gli avete fatto, zecche di merda!» strillò qualcuno.

Cercammo di spiegarci ma era inutile; già era difficile normalmente con loro, in quella circostanza era fiato sprecato.

Ci accerchiarono e, cazzo, sembrava veramente "La notte dei morti viventi". In quella situazione, per com'erano conciati, avremmo potuto menarli noi. Non si reggevano in piedi e mentre ci minacciavano qualcuno iniziava una corsetta laterale cercando di combattere inutilmente la forza di gravità, poi caracollava a terra e continuava con minacce, che a quel punto erano poco credibili. Volò qualche spintone e qualche piroetta, abbracciati nella miglior tradizione delle risse.

Nel parapiglia Simon gridò: «Fermi! Fermi!» Aveva una mano alzata e l'altra aggrappata al collo slabbrato della maglietta. Guardava a terra. «La collanina d'oro, ho perso la collanina d'oro!»

Gli zombie indietreggiarono a semicerchio, anch'essi guardando in basso.

Simon cercava freneticamente a terra, imprecando per la sua collanina d'oro. Anche gli zombi si guardavano intorno, cercando ai loro piedi. Iniziai a cercare anch'io, se l'avessero trovata loro non ce l'avrebbero certo ridata.

Simon mi diede un colpetto sul braccio. «Andiamo, va'» disse sottovoce.

Alzai lo sguardo e vidi il gruppo di zombie curvi in avanti a frugare a terra nell'erba della pineta.

«E la collanina?»

«Quale collanina?» Simon mostrò un sorrisetto da teppista.

«Sei un genio.»

Restammo lontani dalla pineta per qualche giorno, poi capitò di tornarci.

Era tutto normale, autoradio a palla, sgommate, spaccio, Sandrino che teneva banco.

C'era anche Ivan.

Non mi disse nulla; non ricordava, probabilmente.

Mi guardai bene dal ricordarglielo io.

Provai a parlarci nei giorni successivi, ma quando era lucido sembrava non prendere neanche in considerazione l'ipotesi che io e la sua donna avessimo una tresca. Quando si faceva di Roipnol, tuttavia, mi cercava per uccidermi, pur non reggendosi in piedi.

Dopo un po' ci feci l'abitudine.

Era grottesco e quasi divertente.

Quasi.

Ludmilla non me la raccontava giusta, però, ero convinto continuasse a frequentare anche lui, ma non potevamo affrontare l'argomento senza litigare. Quando le raccontai l'accaduto, colsi l'occasione per chiedere delucidazioni sulla loro situazione: volevo sapere se fossero amanti o se stessero davvero insieme. Mi disse che lo aveva lasciato ma che lui la considerava di sua proprietà ed era sempre troppo fatto, e soprattutto che non dovevo rompere i coglioni sennò potevamo anche smettere di vederci.

Non sapevo se avere più paura di perdere lei o di dover affrontare lui.

Un giorno arrivai al bar di Casacalda e parcheggiai l'auto fuori dal parcheggio per non incorrere nel far west che si svolgeva lì dentro. Ero pur sempre un neopatentato, e se nel fare manovra avessi urtato accidentalmente qualche auto o moto, ne avrei pagato amare conseguenze; non era il caso.

Entrai a comprare un pacchetto di sigarette. Era una scusa, in realtà cercavo lei.

Non c'era, anche se alcune amiche erano lì.

Accesi una sigaretta e aspettai. Due ragazze criticavano una che aveva cantato il giorno prima al Karaoke di Fiorello, a Tivoli.

«Chi cazzo credeva di essere, quella, con quei capelli da "La casa nella prateria"?»

La tipa in questione era finita in TV e questo sembrava dar loro fastidio. La TV era tutto negli anni '90, se ci andavi eri qualcuno, anche se erano figure di merda e ti facevi prendere per il culo da un ex animatore di villaggi turistici che in quel periodo rilanciava la moda della coda di cavallo.

Arrivò una grossa Mercedes nera; un 560 SEC, per l'esattezza. Davanti sedevano due tipi: uno era Alessio, l'altro non lo avevo mai visto. Dietro, appollaiata tra i due schienali, Ludmilla. Scesero e si avviarono al bar, mentre un paio di ragazzi si avvicinavano all'auto commentando con espressioni colorite il bolide. Era un 5600 di cilindrata, dissero, e a me, che a stento riuscivo a mantenere il mio 900 cc, sembrò assurdo.

Chi cazzo era quel tipo che guidava per permettersi un'auto del genere?

E perché la "mia" Ludmilla era con lui?

Provai un enorme senso di frustrazione anche se lei, passando, mi sorrise, ma niente più.

Usciti dal bar, i due uomini salutarono Ludmilla, che si stava dirigendo verso il gruppetto di amiche, dopodiché partirono, facendo rombare il bolide tra lo sguardo ammirato dei presenti. Emetteva un suono diverso dalle altre auto, cupo e profondo; tutte frequenze basse.

Mi piaceva, anche se odiavo loro.

Mi veniva da piangere, perciò mi diressi verso la mia auto mentre Ludmilla baciava le sue amiche e dal bar la voce di Marco Masini mandava "affanculo".

Prima di sera, passò in saletta. Si comportava come se nulla fosse, ma io volevo affrontare l'argomento. Simon uscì dal bagno, la vide e si vaporizzò all'istante.

«Chi era quello con cui stavi oggi?»

«Sei geloso?»

«No, era così, per chiedere.»

O forse era meglio se avessi risposto che ero geloso? Con le donne non si capisce mai un cazzo.

«Un amico.»

«Che fa nella vita per avere quell'auto?»

«Senti, io non ti chiedo mai cosa fai e con chi sei quando vai alle feste, no? E allora tu non lo chiedere a me. Sto bene quando siamo insieme, questo mi basta e deve bastare anche a te.»

Mi sentivo mancare e farfugliai a fil di voce: «Okay, come vuoi.»

Si avvicinò, mi tirò su il viso con un dito sul mento, mi fissò con quegli occhi stupendi e mi baciò.

Non feci altre domande, la stanza si ovattò e i miei sensi furono tutti per lei.

Successe ancora. Grida e imprecazioni fuori dalla saletta, Ivan strafatto di Roipnol che delirava.

Questa volta eravamo solo io e Simon ad assistere alla pietosa scena. Appoggiati ai motorini, lo guardavamo steso a terra ad ansimare sbavante le sue minacce di morte.

«Che palle, di nuovo» disse Simon.

«Che facciamo?»

«Boh, intanto finisci la canna, poi ci pensiamo.»

«Sembra innocuo così, eh?»

«Sì, ma non lo è.»

«Di riportarlo in pineta non ci penso neanche.»

Lo legammo a una bravetta che usavamo per trasportare gli amplificatori e lo spingemmo fino ai secchioni.

Sembrava Hannibal Lecter ne "Il Silenzio degli Innocenti", ma non era né silente né tantomeno innocente.

«'Sto pezzo di merda pesa come un cinghiale.»

«Appoggialo qui, vicino alla spazzatura.»

«Il posto giusto per questo rifiuto umano.»

Nei giorni successivi non cercai Ludmilla e la sera me ne andavo presto dalla sala prove. Non sapevo sei lei venisse a cercarmi sul tardi, come al solito. Probabilmente capì che mi stavo allontanando per difesa, però le continue vicende che riguardavano Ivan e quel tipo losco con cui l'avevo vista lavoravano dentro di me come un cancro. C'erano tante cose che non mi diceva e io non chiedevo più, ma stavo malissimo.

In amore è vero che finché corri dietro una persona quella continua ad allontanarsi. L'unico tentativo plausibile, forse, è smettere di inseguire, girarsi dall'altra parte senza voltarsi e vedere che succede. Il cane corre dietro il gatto, nella maggior parte dei casi, perché il gatto scappa. Se il cane rimanesse fermo, è probabile che il gatto si avvicini, curioso, o almeno così facevano gli animali di mia nonna nella casa di campagna quando ero piccolo.

In ogni caso ero proprio cotto di Ludmilla, e la cosa divenne evidente allorché, qualche giorno dopo, venne in saletta di pomeriggio, quando c'erano anche Simon e Sandrino. Ci sedemmo a parlare fuori, sul muretto tinto dal sole.

«Tu sabato suoni al rave?»

«Non lo so, penso di sì.»

«Mi ha telefonato una cara amica che si è trasferita a Parigi. Mi ha chiesto di andare a trovarla, vieni con me?»

Colpito e affondato.

Io e lei insieme nel mondo reale?

Forse era un sogno.

Sarebbe stato un momento tutto per noi, anche se suonava un po' come un contentino, ma non mi interessava.

«I biglietti li prendo io, partiamo da Termini dopo il rave, okay?»

Non solo accettai, ma nei giorni seguenti vissi una gioia interiore come se lei fosse veramente la mia fidanzata e non ci fosse alcun problema.

Il perfetto coglione innamorato, insomma.

A Natale io e Ludmilla andammo a Castel Romano per la prima volta come una vera coppia.

In macchina con noi c'era anche Simon, ma mi ero ben guardato dal coinvolgere Sandrino: non volevamo essere i protagonisti dei suoi dibattiti danzanti da sopra il muretto. In auto stereo a palla con la cassetta di Hard Raptus, io alla guida e Simon al rollaggio canne.

"Ancora una volta, i cani da guardia dello stato sono rimasti a guardare."

Le parole dello speaker anticiparono l'inizio di "Extreme Terror" [*Dj Skinhead – Gangsta Mix*].

La festa che cercavamo si chiamava "Antichristmas", dal flyer che girava quei giorni.

Sul raccordo, carovane di auto simili alla nostra si accodarono mentre uscivo a Pratica di Mare Zona Industriale e iniziavo a girovagare in cerca di un segno, una fiaccola, un graffito.

Niente.

Dietro di noi, una decina di auto ci seguiva. Mi fermai per far pisciare Simon e tutti si arrestarono, in fila indiana.

Qualcuno scese e domandò: «Dove sta il rave?»

«Non lo so, da queste parti in una zona industriale, ma qui non c'è niente» risposi.

Un paio di auto fecero inversione, illuminando per un attimo Simon che si richiudeva la cerniera dei pantaloni.

«Forse l'uscita dopo Castel Romano!» gridò qualcuno dalle auto in fondo.

Alla seconda uscita, la colonna di auto parcheggiate a bordo strada ci confermò che il posto era quello giusto.

La location era incredibile: un immenso stabile industriale con un'enorme impalcatura che ospitava impianto e console. Un'altra impalcatura laterale era strapiena di gente che ballava da una posizione con una visuale d'insieme privilegiata. La musica, una techno trance di matrice nord europea come le produzioni Harthouse, pompava l'aria circostante.

Per la prima volta sentii cadenze fiorentine o bolognesi tra i gruppi di persone mentre cercavo di raggiungere la console dove posare il flycase dei dischi; non mi fidavo più a lasciarlo in macchina.

Calammo le pasticche e provammo anche la speed.

L'effetto dell'anfetamina non mi faceva impazzire, ma ti metteva l'energia nelle gambe per affrontare anche un paio di giorni di dance-floor.

Cassa dritta e pedalare.

Fu una delle feste più belle che io ricordi, lo spirito era quello dei primi illegali, ma di dimensioni assurde. C'erano forse cinquemila persone, allestimento e impianto di prim'ordine. Ballammo tutti insieme e più tardi riuscimmo a ritagliarci uno spazio sulla pedana. Il colpo d'occhio da lì era incredibile, una massa colorata e danzante, l'energia sprigionata enorme. L'intera tribù rivolta verso il totem del sound system attendeva l'impatto sulla progressione del bassline di House of House. Il suono melodico e sintetico ci cullava come le onde alla deriva mentre, da lontano, si avvicinava sempre più prima di rompere il muro del suono con l'impatto dei bassi e sprigionare scariche di piacere nelle nostre sinapsi.

Accanto a me, una ragazza con il fumo squagliato nel palmo della mano e una cartina nell'altra mi chiese una sigaretta. Io non le avevo, ma sentivo di volerle così bene che avrei fatto di tutto per trovargliela. Girovagai in lungo e in largo, recuperai la sigaretta e tornai lì non so quanto tempo dopo. La ragazza non c'era più, ma un ragazzo vide la sigaretta e mi propose di farci una canna.

Okay, pensai, tanto voglio un gran bene anche a te.

La traccia "Tu 4 Bx" di Automatic Sound Unlimited messa da Walterino elettrificava l'aria con il suo ritmo sincopato. Particelle di euforia, panico, ansia e libertà rimbalzavano come la pioggia di scintille del frullino contro il ferro che ricadeva sulla folla. Un impulso di energia che dal cervello corre lungo il corpo fino alle estremità delle dita che muovono i cursori, viaggia nei circuiti diventando un'onda quadra che incide il vinile che ruota su un piatto davanti a migliaia di persone, le quali lo assorbono dal corpo fino al cervello.

Quando suonavamo metal, le canzoni che ascoltavamo erano prodotte a San Francisco, a Londra, a Los Angeles. Adesso era diverso: quei dischi della ACV, della Hot Trax o Sounds Never Seen erano prodotti a Roma da artisti romani; anzi, erano gli americani come Robert Armani a venire a incidere qui. Eravamo il centro del mondo, in quel momento, per una volta l'Italia non era il fanalino di coda ritardatario della cultura musicale ma il motore trainante, e ciò ci rendeva orgogliosi.

Ad alimentare il nostro sound c'erano anche il tedesco Marc Acardipane, che sotto un'infinità di pseudonimi sfornava una release più bella dell'altra, e l'americano Woody Mc Bride, che incidendo sulla label Drop Bass Network da Milwaukee alimentava le nascenti sonorità acid hardcore. Lenny Dee, invece, da New York capeggiava la scena hardcore internazionale con la sua leggendaria etichetta Industrial Strenght.

Al mattino suonai anch'io.

Prima però tirai fuori le salviettine umidificate dalla borsa dei dischi per lavarmi le mani. Simon mi sfotteva, chiamando quel rituale "operazione mani pulite". In tasca, immancabile anche l'accendino per illuminare vicino alla puntina in modo da capire, a fatica, quanto mancasse alla fine di una traccia sul vinile.

In quel periodo la gabber stava esplodendo ovunque, anche con una certa tendenza allo speedcore, ma fu l'ultimo genere a essere sdoganato dai fasci. Eppure alla gente piaceva la Roland TR 909 lanciata a folle velocità, dava quel senso di guerriglia urbana che ben rappresentava il momento.

Eravamo tutti lì a condividere un reato e il sistema, colto impreparato, non sapeva come reagire. Avevamo la sensazione che quanto può essere scalfito può essere anche distrutto, e questo ci faceva sentire invincibili.

Feci un'ora a 200 BPM tutto a base Industrial Strenght, Rotterdam Records e Ruffneck.

Fu un delirio e io ero felice.

Suonai un disco di Delta 9 che mi aveva regalato Ludmilla pochi giorni prima, "Doomz Day Celebration", la traccia "No More Regrets". Vi vedevo il senso della nostra storia nei confronti di Ivan. Nessun rimorso mentre la guardavo ballare sulla pedana accanto a Simon.

Eravamo d'accordo di tornare insieme, Simon ci avrebbe lasciato a Termini e avrebbe tenuto lui la macchina. Tuttavia giunta l'ora come suo solito non si trovava, e noi non potevamo permetterci di aspettare. Andammo via e lasciai l'auto parcheggiata vicino a Termini.

Il viaggio fu lunghissimo, Ludmilla dormiva mentre io, sotto l'effetto dello speed, continuavo a muovere la mano a ritmo del rumore del treno: in quel momento era bello anche quel sound.

"Il rumore è il tappeto sonoro della nostra vita". Credo fosse una frase di Lory D.

La condividevo in pieno.

Una volta sistemati a casa della sua amica, rimanemmo un giorno intero in camera a fare l'amore. Quando mi svegliai era sera. Lei si girò nella leggera controluce dei lampioni lontani che irradiavano la stanza dalla finestra.

Era bellissima, primordiale.

Quella stanza era il nostro pianeta e noi, nuovi Adamo ed Eva, eravamo pronti a ricominciare tutto da capo.

Passeggiavamo felici per le vie di Parigi, e nei negozi di dischi scoprivamo nuove tendenze musicali come quelle di Laurent Ho e Manu Le Malin. La chiamavamo intelligent gabber prima che fosse coniato il termine frenchcore.

Gerome, il ragazzo che gestiva il negozio di dischi, ci raccontò di come una tribe inglese avesse fatto un rave poco tempo prima nelle campagne francesi, durato un paio di giorni. Erano giunte persone da tutto il paese e la festa era stata qualcosa di mai visto prima.

Presi un bel po' di dischi e un vestitino per Ludmilla. Lei pagò le altre spese, improvvisamente era piena di soldi. Ora che aveva abbandonato il bomber e le Airmax, era bello vederla vestita al femminile e pensare che fosse la mia compagna. La sua amica, Linda, ci supportava e ci diceva che eravamo belli insieme, oltre a minacciarmi di morte in caso avessi fatto lo stronzo.

Sul treno del ritorno avevamo preso una cuccetta e, sdraiati con le gambe attorcigliate e i corpi nudi fusi insieme, fantasticavamo sui posti dove saremmo potuti andare.

«Prossima tappa Amsterdam» propose.

«Meglio Rotterdam, i coffee shop ci sono ugualmente, ma in giro suonano più gabber.»

«Voglio andare ad Amsterdam.»

«Io con te verrei ovunque.»

Mi sorrideva.

«Ti amo, Ludmilla.»

Rimase impassibile.

Distolsi lo sguardo e lo fissai fuori dal finestrino. Il sole, ormai dietro le montagne, irradiava un bagliore che rendeva minimale il paesaggio in controluce. Colline e tralicci erano schizzi di inchiostro nero su una tela grigia; riflesso sul vetro, il suo viso fuori fuoco sembrava così distante e indefinito.

«L'amore è sopravvalutato» disse vedendo che ci ero rimasto male. «Quando mia madre si innamorò di mio padre, un soldato italiano, lo seguì in Italia piena di speranze per una vita migliore. Quando lui scoprì che era incinta sparì, e lei si ritrovò sola in un paese straniero con una bambina in arrivo. Fu difficile tirare avanti e la vita le piegò la schiena sotto il peso della schiavitù di un lavoro alienante. Mi affidò a mia nonna, ma non si rifece mai una vita. A Zagabria i miei nonni conducevano un'esistenza umile e faticosa di campagna, ma almeno non erano schiavi. Mia madre lo diventò per amore. L'amore fa fare solo cose stupide. Stare bene è importante, ecco. Dimmi che stai bene con me e anch'io dirò di stare bene con te.»

"Prendi questo treno e non lasciarlo mai..."
[*Lory D – Sounds Never Seen 007*]

Tornati a Guidonia, non ci nascondemmo più. Avrei affrontato anche Ivan se fosse stato necessario, sentivo di essermi guadagnato il diritto di stare con lei, ma Simon mi disse che Drago non si vedeva più in giro. Sperammo che il camion degli spazzini lo avesse caricato e triturato per errore.

Parte Terza: Fratelli

Nella stessa location di Castel Romano, poco dopo, per capodanno gli Spiral Tribe fecero una festa.

Le tribe inglesi erano partite per un lungo viaggio itinerante dopo che nel 1994 in Inghilterra era stato emesso il "Criminal Justice and Public Order Act", che di fatto metteva al bando i rave e la techno dopo l'esperienza del leggendario Castlemorton Common Festival nel 1992. Secondo la legge, era vietato riunire gruppi di persone per ascoltare musica dal ritmo pulsante continuo.

La cassa dritta era stata bandita dal sistema.

Questo fatto dà la misura di come le autorità fossero alle corde di fronte a un fenomeno che non riuscivano a capire e tantomeno a contrastare. Veniva vietato l'utilizzo di un genere musicale alla stregua di una sostanza illegale ricorrendo a una legge di stampo medievale.

Credo che il precedente più simile finì con delle streghe al rogo.

Le tribe si spostarono prima in Francia e poi lentamente scesero nel nord Italia, trovando terreno fertile per i loro sound system. A Roma fu diverso. Quando arrivarono, scoprirono una scena rave preesistente e rigogliosa. I ravers anglosassoni erano tanti e organizzati, facevano feste già da quasi un decennio, erano fortissimi tecnicamente e si imposero sulla scena locale come un virus che si propaga rapidamente.

Quella sera a Castel Romano notammo subito come l'aria fosse cambiata.

Alla sottoscrizione parlavano inglese, ma conoscevano la parola "soldi" anche in italiano e ne chiedevano il doppio del solito. Un capannello di gente si era ammassato davanti allo spiraglio, aperto per il passaggio di una sola persona alla volta, tutti contrariati dal prezzo. A cavallo del muro, un ragazzino dall'accento anglosassone cercava di domare la situazione mentre all'interno una ragazza intascava i soldi.

Arrivarono una trentina di ragazzi del giro di Hard Raptus, intenzionati a fermare quel sopruso. Forzarono il cancello e ci fecero segno di entrare senza pagare.

Alla spicciolata, in tanti ci imitarono, ma il ragazzino era già corso dentro a chiamare rinforzi.

I crusty punk che accorsero erano grossi e incazzati, ne scaturì una rissa in cui gli inglesi sembravano avere la meglio. Vidi un ragazzo del Break Out con il naso rotto che cercava di togliere di dosso un traveller da un suo amico finito a terra. Alcuni corsero dentro chiamando aiuto, innescando un insensato vociferare di fasci venuti a cercare rogna. Le persone che uscivano non capivano tra quali fazioni fosse la rissa: c'erano gli inglesi e i ragazzi dei centri sociali, ma nessun fascio. Alcuni entravano e venivano inglobati dalla festa, mentre fuori un pischello come noi si prendeva una coltellata all'addome.

Quando la rissa sfumò, noi eravamo riusciti a passare incolumi e senza pagare.

Dentro, un muro di casse enormi sembrava una trincea di guerra con totem e stendardi dalle grafiche neotribali. Sculture meccaniche animate giravano per il capannone, sputando fuoco e scintille. Era come se dopo i vari inseguimenti i protagonisti di Mad Max si fossero accampati per tirare su un enorme party. Mezzi da battaglia erano parcheggiati lungo il perimetro, pullman, camper e una vecchia Fiat 500 con tanto di mandibola meccanica.

Ma l'atmosfera tra le persone non era più la stessa. Non stavamo condividendo nulla, stavamo assistendo al trip di qualcun altro.

La musica si andava appiattendo in un beat esageratamente veloce, sempre uguale e interminabile. Non c'era più dinamica, solo un calderone dove frullavano di tutto, dall'hardhouse mandata a 45 giri invece che a 33 alle loro produzioni distorte, minimali e vuote. Credo fosse questa, la loro "Spirale". Usavano vari piatti e sequencer con i quali mescolavano tutto in un infinito maelstrom totalitario. Riuscii a distinguere un'unica traccia in tutta la serata. Era "Hit Hard", ridotta a un sibilo metallico lontano nel marasma di quel metronomo invasore e deturpata di tutta la sua carica industrialmente ribelle.

Era bello solo vederli ai piatti, i travellers, con quel modo per noi insolito di toccarne solo la base e mai i dischi mentre mixavano, come faceva la ragazza in gravidanza avanzata che in quel momento teneva le redini del party. Aveva senso, la mano percepisce la base del piatto sempre allo stesso modo; i dischi, al contrario, variano di peso e quindi di risposta al tatto. Vivevano di quello ed erano in grado di mixare per ore in modo impeccabile, dei veri e propri "sequencer" umani.

L'animazione con scenografie meccaniche e pirotecniche in stile post apocalittico era opera dei Mutoid Waste Company. La loro attività di riciclaggio di materiali dismessi e riassemblati dava vita a sculture e installazioni incredibili, in uno stile unico. Al contrario degli Spiral, la loro integrazione con i locali Ostia Rioters fu fertile e diede vita a sinergie e amicizie durature. Erano aperti e collaborativi e il loro passaggio lasciò la scena più ricca e variegata culturalmente. Alcuni di loro avevano delle capacità tecnico-ingegneristiche di alto livello; in molti si chiedono ancora come abbiano fatto ad attaccare una Fiat Panda a testa in giù al soffitto di Spaziokamino. Quando comparve, molti ebbero paura di ballarci sotto, eppure anni dopo era ancora lì, saldamente attaccata. Forse a tenerli fuori dai contrasti fu che non facevano musica ma scenografie adattabili a vari contesti, oltre al loro atteggiamento più aperto e costruttivo.

Girovagando all'interno dell'area, mi fermai a osservare dei ragazzi che gettavano bombolette spray in un braciere acceso dentro una carriola di ferro. Facevano allontanare le persone e nel giro di un paio di minuti l'esplosione scatenava l'esultanza dei vari osservatori. Quando lo spettacolo finì, il capannello di gente si disperse tra la folla. Il braciere era rimasto lì e, andando via, un ragazzo vi gettò dentro l'ultima bomboletta rimasta a terra. Nessuno guardava la carriola, tranne me. Una ragazza con sguardo perso si fermò imbambolata a osservare le fiamme da mezzo metro di distanza. Scattai di corsa e feci giusto in tempo a strattonarla via un attimo prima che l'esplosione illuminasse a giorno l'ambiente. Lei non si accorse di nulla, ma il suo ragazzo mi ringraziò.

Questa volta Ludmilla non era venuta con noi. La incontrai dentro e mi disse di essere con degli amici. Non ci incontrammo quasi mai durante la serata, c'era troppa gente. Per me era importante che fossimo stati insieme a capodanno, a lei sembravano superstizioni degne dei taroccari sui canali regionali.

La incrociai andando verso l'uscita con Simon. Lui non si fermò per lasciarci soli. Le chiesi di venire con me, ma disse che voleva restare lì ancora un po'. Una volta fuori, camminando accanto alle auto parcheggiate lungo il bordo strada, notai i 5600 cc parcheggiati tra le utilitarie sgangherate e ancor più fuori posto.

L'angoscia alimentò la spirale che aveva iniziato a risucchiarmi.

Andammo via dal "Crossover" ancora in botta piena.

Sul raccordo smascellavamo da una corsia all'altra con la Uno 900 lanciata a centoquaranta chilometri orari, rischiando di fondere il motore. Dovevamo approdare in fretta in un porto sicuro, quella musica ci aveva quasi mandato in bad trip, e a capodanno per giunta, il che era di cattivissimo auspicio per l'anno a venire.

Dopo essere sopravvissuti alla nostra idiozia, arrivammo in saletta e accendemmo piatti e impianto. Suonammo tutti i dischi che avevamo e nel primo pomeriggio altri si aggiunsero portando pezze residue della serata e avanzi da squartinare. Fu quel giorno che Sandrino conquistò il soprannome di "Drogaman", svuotando le tasche contenenti qualunque sostanza conoscessimo a parte il Peyote. Quello lo avrebbe reso "Lo Sciamano" direttamente.

Nel primo pomeriggio si palesò anche Ludmilla. Era evidente che non era ancora passata da casa, e mi chiesi dove fosse stata tutto quel tempo e soprattutto con chi. Feci il vago, e quando parlammo della festa e di quella musica di merda ne approfittai per chiederle cosa avessero messo più tardi. Era una scusa per capire a che ora fosse andata via.

Sembrava fosse stata lì più a lungo di noi, ma era arrivata in saletta alle quattro del pomeriggio: c'era una grossa finestra temporale in sospeso. Inoltre era strana, veniva da parecchie ore di rave ma non sembrava fatta; anzi, pareva iperlucida ed era bella come sempre. Questo mi fregava in partenza.

Come tutti i presenti, anche lei svuotò la sua "tasca della droga" e tirò fuori la bustina di plastica che ricopre i pacchetti di sigarette con dentro qualche grammo di cocaina.

La droga dei ricchi.

All'epoca una dose, meno di un grammo, costava centocinquantamila lire; il contenuto della sua bustina doveva aggirarsi sulle quattrocentomila.

Il 5600 di cilindrata.

Ludmilla andò in bagno e tornò tenendo sotto braccio lo specchio che era appeso sopra il lavandino. Lo appoggiò sul soppalco a mo' di vassoio e vi sdraiò alcune righe di coca.

A parte Tony, nessuno l'aveva mai vista e tantomeno provata.

Nonostante nel picco massimo di affluenza fossimo arrivati a una ventina di persone, la festa durò fino alla mattina del 2 gennaio, quando Angelo e due compari giunsero a staccare la spina. Angelo era un tradizionalista: alcol e canne erano tollerabili, ma siccome eravamo ancora lì sospettò che avessimo assunto droghe chimiche, e questo non andava bene per niente. Guardò i dischi e disse che se ci piaceva tanto quella musica potevamo andare a lavorare alla cementeria con lui, ne avremmo ascoltata per dieci ore al giorno e ci avrebbero anche pagato per farlo. Minacciò di riprendersi saletta, motorini e strumenti, oltre ovviamente a riempirci di sberle... "a due a due finché non diventano dispari." Eravamo andati talmente lunghi che la sequenza di scuse... siamo tornati... abbiamo dormito... e poi abbiamo continuato a festeggiare sembrava quasi credibile.

Angelo sembrava avere un obiettivo comune con i travellers: far finire quel magico periodo.

La coca non sembrò sortire alcun effetto su di me anche se nelle ore successive, una volta a casa, il mio cervello non riuscì a pensare ad altro che al 560 SEC.

Chi erano quei tipi? Come facevano a permettersi quell'auto? Cosa faceva Ludmilla con loro? Ivan lo vedeva ancora? Mi amava?

Ogni singolo gesto, espressione o parola uscita dalle sue conturbanti labbra sembrava avere un significato nascosto che io non riuscivo a cogliere.

Benvenuta, Paranoia, dispiacere di conoscerti.

Nei mesi successivi cercammo conforto nelle serate al Forte Prenestino. Una sera andammo anche con un giovane collega di mia madre che era venuto a cena. Aveva visto i dischi e mi chiedeva come fossero questi rave di cui si sentiva tanto parlare. Lo convinsi a venire con noi, le feste erano più tranquille delle discoteche commerciali che frequentava lui.

All'inizio suonò il Gighen, con il suo sound minimale condito di marce marziali di clap e rullante nella miglior tradizione romana, e questo già mi rincuorò dopo quello che avevo sentito a Castel Romano.

Il suo techno tradizionalismo era balsamo per le mie orecchie.

Dopo di lui venne il Capoccione, con la sua tecnica sopraffina e l'immancabile traccia manifesto che metteva sempre, "Lock On Target", Disintegrator, su etichetta Industrial Strenght, che attendevo sempre con trepidazione.

Dopo il Banana sarebbe toccato a me se non fosse che due carabinieri ebbero la fantastica idea di entrare, farsi accerchiare e, per un finale col botto, sparare alcuni colpi in aria provocando il panico nella folla.

Nel fuggi fuggi generale, le persone calpestarono di tutto, compreso il collega di mia madre, che probabilmente stava rivalutando le mie delucidazioni sui rave così "tranquilli".

"Da allora, non lo vidi mai più."

[cit. Sounds Never Seen]

All'apice di questo movimento occupammo la Fintech: l'inizio della fine.

C'era il problema di come portare il gruppo elettrogeno, e me ne occupai io.

Fu una bella responsabilità.

Con Simon prendemmo di nascosto il camioncino di uno del Motorclub di Angelo che aveva un'attività di fornitura di legna per le pizzerie. I bikers erano partiti in direzione Austria per un mega raduno di motocilisti, e sarebbero stati via per un po'.

Caricammo il gruppo elettrogeno sulla Laurentina per portarlo alla Fintech e arrivammo al tramonto. Per sicurezza avevamo camuffato con il nastro adesivo il numero della targa; non temevamo tanto le guardie quanto il tipo del Motorclub.

Alcuni del collettivo erano già entrati, rompendo la serratura e rimettendo una catena con lucchetto di cui aveva le chiavi un ragazzo mulatto con i dreadlock di cui non ricordo il nome. Eravamo d'accordo di lasciare il gruppo elettrogeno sul camion e parcheggiarlo dietro il capannone che avremmo usato per quella prima festa. All'alba ci saremmo spostati in uno scheletro di costruzione lì accanto con un sound e un gruppo elettrogeno più piccoli per permettere a quello grande di andare via.

La Fintech era un posto incredibile: più che una fabbrica o un magazzino era una cittadella industriale fantasma. Ricordava Pripyat, la città morta vicino Chernobyl. Montammo la console su una torretta interna alla quale si accedeva con una scaletta a pioli. Occorreva aiutare i dj a portare su i flycase, non era il massimo a livello di sicurezza.

La festa era in memoria di Sasha, un dj morto l'anno precedente, fondatore dell'etichetta Headcleaner. Quella sera Leo Anibaldi fece un set incredibile. Esoterico, profondo, dalle sonorità avanguardiste e interculturali.

Durante il suo set io e il mulatto ci divertimmo a puntare un grosso "occhio di bue" da mille watt, di quelli che si usano a teatro, sulle persone che non ci piacevano per mandarle in paranoia. Andavamo alla ricerca di coatti, palesemente ex fasci che oggi ballavano l'underground ai nostri rave, dove non si pagava più cinquantamila lire ma cinque e allora fanculo le ideologie del Duce: le droghe delle zecche erano buone come quelle dei fasci e avevano un prezzo più onesto. Una volta individuato, gli puntavamo il faro in faccia: quello, infastidito, si spostava, e noi facevamo lo stesso con il faro finché il tipo non usciva a prendere una boccata d'aria e noi ci sbellicavamo dalle risate.

Tra le varie persone riconobbi Alessio. Non era più rasato, aveva il ciuffo da una parte, indossava una camicia sgargiante a maniche corte aperta con sotto una canottiera bianca e il petto villoso in vista. Baciava appassionatamente un altro ragazzo. Chissà se poi c'era andato, a Londra.

Verso le quattro del mattino misi un po' di musica e suonai anche i suoi dischi, mentre sul piatto girava un pezzo di Zenith su etichetta IST ["The Flowers of Intelligence"], con la coda dell'occhio notai un tipo che saliva la scaletta a pioli.

Era strafatto, nudo e sporco.

Ci mise un'eternità a salire, sembrava pieno di eroina.

Arrivato finalmente in cima, si issò sul pianerottolo con un ultimo sforzo e svenne proprio lì, a carponi, la guancia e le spalle aderenti al piano e le chiappe all'aria. Chi saliva dopo di lui, quando arrivava con la testa all'altezza del pianerottolo la prima cosa che vedeva era il suo ano dilatato e sporco.

La scena mi disgustò e finito di suonare feci due passi fuori. Ormai albeggiava e il cielo, passando dal nero al blu scuro, irradiava di una fioca luce gli edifici lugubri della Fintech.

Quel posto faceva paura.

Feci un giro esplorativo. Alcune aree erano enormi, piene di detriti, ferri che sbucavano dal pavimento e vetri rotti. Le piante rampicanti scivolavano sulle pareti esterne come artigli di creature lovecraftiane che tentavano di uscire dalle viscere della terra.

Il tempo in cui gli operai armeggiavano in quei piazzali dovevano essere molto lontani.

Tornando verso la festa incontrai Simon. Era ora di portare via il camion, quindi cercammo il tipo mulatto che aveva le chiavi, mentre altri avevano già allestito il secondo sound nello scheletro. Il tipo non si trovava e noi cominciammo a innervosirci: non erano questi i patti. Lo cercammo ovunque, spazientiti, e alla fine lo trovammo in una stanza dei capannoni adiacenti, inerme a terra.

Sembrava morto.

Era al centro di uno stanzone vuoto e sudicio, gli occhi vitrei. Si era fatto di ketamina ed era del tutto assente, non percepiva nulla intorno a sé.

Simon era incazzato nero. «Non sente niente? Allora posso pisciargli in bocca, vediamo se si accorge di questo!» disse mentre si sbottonava i pantaloni.

Lo fermai. Frugai nelle tasche del tipo e trovai le chiavi. Aprimmo il cancello, mettemmo fuori il camion e lo richiudemmo. Simon voleva andare via e basta, fregandosene degli altri che non erano stati di parola sulle tempistiche del gruppo elettrogeno. Io tornai alla stanza e rimisi le chiavi in tasca al tipo.

«Un giorno di questi voglio provarla, la ketamina» mi disse Simon mentre guidavo il camion sul raccordo in direzione Laurentina.

«Sei matto?»

«Be', le cose vanno provate prima di giudicare.»

«Ma è un anestetico per cavalli, ti stende e basta, che senso ha? L'hai visto, quello? Non sentiva nulla.»

«Che ne sai, magari sognava.»

«Quando eri fatto di Roipnol non mi sembrava sognassi... e quella roba è peggio.»

Nel frattempo eravamo arrivati a destinazione.

Ludmilla era rimasta alla festa, a lei piaceva la nuova tipologia di rave.

La Fintech divenne un'occupazione stabile con feste tutti i week end. I travellers che continuavano ad approdare a Roma ci vivevano e lo fecero diventare il discount della droga.

Anche se partecipai ad altri rave, questo rimane per me la chiusura di un ciclo.

I nomadi arrivati a Roma dal nord Europa erano degli sciacalli che rubavano i portafogli a chi era strafatto e cacciavano gli altri spacciatori anche a coltellate pur di avere il monopolio. Quando erano i fasci a comportarsi così, nel '93, ci facevano schifo, quindi perché accettarlo dalle tribe? La musica era cambiata, la ketamina imperava e l'atmosfera era più di degrado che di rivoluzione, e gli elicotteri della polizia sorvolavano la Fintech quotidianamente.

Le feste proseguivano. Il numero di convogli arrivati da tutta Europa era impressionante. La voce di questa zona franca si era sparsa e il problema non era più solo locale: ora veniva discusso in Parlamento.

A differenza mia, Ludmilla non era contrariata dalla nuova tendenza che avevano preso i rave. Come si era adattata dal Bresaola ai rave alla Bufalotta o a Tor Cervara, allo stesso modo si era adattata allo stile dei travellers. Sembrava che la sua anima fosse cambiata insieme a quella del rave. Era cambiata la musica, era cambiata la droga ed era cambiata lei.

Eppure io la desideravo ancora.

Quella notte andammo alla Fintech anche se non ci piaceva più. Lei era lì. Era come se ci fossero due fazioni: i ravers del '95, a cui non piaceva questa nuova situazione, e i nuovi, che sembravano apprezzare l'occupazione stabile e le droghe a buon mercato anche se di scarsa qualità. All'alba, alla Fintech l'acqua potabile valeva più di ketamina e speed.

Quella mattina Simon non rientrò con noi.

Era normale, era successo altre volte, spesso si intratteneva con la ragazza di turno che magari se l'era portato a casa.

Rientrammo in sala prove.

Qualche canna, "Cosmic Baby – Stellar Supreme" su un piatto, "Alien Signal - The Search Begins" sull'altro e un sonno profondo cullato da quel beat che sembrava narrare di mondi lontanissimi persi nelle pieghe dello spazio-tempo.

Dal retro di copertina di Alien Signal: "*Il 12 ottobre, mezzo millennio dopo che Colombo sbarcò sulle rive del Nuovo Mondo, gli astronomi della NASA hanno iniziato una ricerca su larga scala di intelligenza extraterrestre. Questo album è stato ispirato da questo evento, 9 tracce di puro godimento trance che raggiungono l'anima in un profondo viaggio mentale registrato completamente con vecchi sintetizzatori analogici per dare lo stesso gusto dei primi musicisti ambient & new age. Prova ad ascoltarlo a casa dopo un rave o una serata in un club, capirai perché la chiamiamo PRIVATE DANCE MUSIC.*"

Ci svegliarono i pugni di Angelo che battevano sulla porta. Era pomeriggio e Simon ancora non era rientrato. Voleva sapere dove fosse, sua nonna era morta. Tornato a casa, chiamai un paio di persone del giro di Zona a Rischio con cui avevamo passato la serata, ma niente, neanche loro lo avevano visto dopo la festa. Chiamai a casa un dj di SPZK per avere il numero di una ragazza, Chiara, con la quale più di qualche volta Simon si era intrattenuto. L'avevo vista alla Fintech durante la notte ma non la mattina, ed ero quasi sicuro fosse con lei. Niente. Mi disse di essere andata via che era ancora buio, ma senza Simon.

Il padre si fece un giro con un paio di motociclisti in posti vari che frequentavano.

Pineta, sala giochi.

Niente.

Arrivò la sera della domenica. Ero stremato e mi addormentai sul divano. Feci un sogno strano. Ero alla Fintech ma non nel capannone dove si svolgeva la festa, che vedevo da lontano. Ero sempre all'interno del comprensorio industriale. Intorno a me gironzolava il cane senza un orecchio che avevo visto al falò in quel posto sperduto dove andavamo a incontrare Dio e a contestarlo.

Mi svegliai all'alba, di soprassalto, e andai rapidamente in sala a svegliare Tony.

«Dobbiamo tornare là.»

Con un solo occhio aperto chiese: «Tornare dove?»

«Alla Fintech.»

Ci dirigemmo verso la Pontina in silenzio; senza caffè, Tony non era in grado di parlare.

Vista di giorno, la Fintech era più simile a un campo rom che a un rave. Lo squallore e il degrado erano ancora più manifesti. A terra, una distesa di cicche di sigaretta, rifiuti, bottiglie rotte.

Il cancello era chiuso, scavalcammo e ci avvicinammo ai capannoni che non usavano per le feste. Gli enormi portoni aperti pieni di oscurità sembravano le fauci di creature pronte a divorarci.

Se Simon si era fatto di keta poteva essere lì da qualche parte, svenuto; alla Fintech era normale vedere gente buttata da una parte, magari in preda ai tremori. Sicuramente Simon avrebbe cercato un posto tranquillo per evitare di essere derubato da qualche punkabbestia, o comunque per non avere rotture di cazzo.

Salimmo ai piani superiori. C'era un unico grande ambiente con al centro un'apertura di circa sei metri, probabilmente per contenere macchinari ingombranti, anche se al momento quel tunnel verticale era vuoto. Avvicinandomi, ebbi una brutta sensazione. La voragine a filo con il pavimento si scorgeva solo quando ti avvicinavi, e di notte sarebbe stata ancora meno visibile.

Mi affacciai e lo vidi.

Il problema non era la ketamina ma la gravità.

Simon era sul pavimento in fondo al pozzo, dall'alto la sua posizione lo faceva assomigliare a una svastica.

Corremmo giù.

Era ancora vivo, rantolava, ma era messo malissimo. Aveva un'espressione buffa, se possibile, la faccia gonfia e un occhio fuori dall'orbita.

Tony vomitò e io corsi fuori attraversando il piazzale esterno della Fintech più veloce che potevo.

Alcuni travellers mi videro e si insospettirono.

Scavalcai e corsi verso un edificio che sembrava in attività, con alcune auto parcheggiate davanti. Anche se titubanti, i custodi mi fecero entrare e utilizzare il telefono nel gabbiotto di sorveglianza. Chiamai l'ambulanza e subito dopo il padre di Simon.

Tornai alla Fintech, ma, quando cercai di scavalcare, un paio di travellers me lo impedirono e altri si diressero verso il capannone dove giaceva Simon. Mi dissero di andare via e di tornare quel sabato che ci sarebbe stata una festa, durante la settimana poteva stare lì solo chi ci viveva. Sbottai di fottersi, loro e la festa del cazzo, il mio amico era gravemente ferito. Mi chiesero se avessi chiamato la polizia, risposi di no, solo l'ambulanza. Quello che parlava aveva una busta piena di pasta al sugo legata alla cinta.

Mi imposero di portare fuori il mio amico: lì non sarebbe entrato nessuno.

Volò qualche insulto.

Uno di loro tirò fuori un coltello.

In quel momento arrivò l'ambulanza, ma questi non volevano aprire il cancello. Dicevano che dovevamo entrare a piedi e portarlo fuori. Io cercavo di spiegare che non era possibile, ma loro non capivano o non volevano capire, la comunicazione avveniva in un inglese stentato. Quelli dell'ambulanza non sapevano che fare.

In quel momento sentimmo il rumore delle moto. Angelo e i suoi bikers.

Gli spiegai la situazione, scavalcò, tirò fuori la pistola e la puntò dritta in faccia al traveller che prima aveva il coltello. Se il cancello non si fosse aperto subito sarebbe arrivata anche la mortuaria insieme all'ambulanza.

Il cancello si aprì.

Simon era forte come un toro. Impiegò dodici giorni a morire in ospedale.

Arrivai in chiesa a piedi; non era lontana da casa mia. Il numero di moto parcheggiate intorno, davanti e dietro l'edificio, era incredibile. Erano venuti bikers da tutta Italia, qualcuno persino dal nord Europa per rispetto di Angelo.

Quando uscì la bara, nel silenzio generale il vicepresidente del Club fece un segno e tutte le moto si accesero rombando.

Era assordante.

Volarono via gli uccelli, liberando stormi in volo come si fa ai matrimoni con le colombe. Il frastuono degli scarichi aperti sembrava quello di un uragano alla fine del mondo.

Era il loro saluto a Simon.

Durò un minuto esatto e quando finì rimasero solo gli allarmi delle auto che suonavano e tante facce tristi.

Era giusto, per Simon, osservare un minuto di frastuono più che un minuto di silenzio.

Il carro funebre partì con le moto al seguito. Sandrino mi aspettava in macchina con il motore acceso. In disparte, sotto un albero, vidi Ivan. Mi fece un cenno con la mano. Mi avvicinai. Era magro e il viso era più scavato, gli occhi rossi e pieni di lacrime.

«Mi dispiace, zecca, non doveva andare così.»

«No, non doveva. Che fine hai fatto tu?»

«Mi sono trasferito su, al Nord, ho trovato lavoro.»

Lo disse distogliendo lo sguardo. Quando qualcuno diceva così voleva dire "comunità". Lo sapevamo entrambi ma andava bene lo stesso.

«Katarina la vedi ancora?» mi domandò.

«No, pensavo fosse con te.»

«Quindi non sai niente.»

Il cuore mi balzò in gola e provai un senso di vertigine.

«No, che cosa?»

«È stata arrestata. Spaccio internazionale di cocaina. È stata incastrata a Tiburtina durante uno scambio. Uno che era con lei aveva un microfono addosso, hanno aspettato che prendesse la roba e poi l'hanno fermata. È a Rebibbia, adesso.»

Una lacrima mi rigò il viso.

Ero arrabbiato con lei che non si era fatta più sentire, anche dopo l'incidente di Simon.

«Quando è successo?»

«Due giorni fa, c'è anche un trafiletto sul giornale ma solo con le sue iniziali. Non è per quello che non si è fatta sentire, però. Lei è così, è sempre stata così. Quando le feste avete iniziato a farle voi si è messa con te, quando l'aria è cambiata è andata dove tirava il vento.»

Rimasi in silenzio per alcuni minuti.

Non potevo credere che quanto c'era stato tra noi fosse solo opportunismo.

Ci abbracciammo. Forte.

Dovevo andare.

Ci guardammo negli occhi.

«Buona fortuna, zecca.»

«Buona fortuna, fascio.»

Un sorriso, amaro, il primo e l'ultimo tra noi.

Con Tony non ci vedevamo da un po', era tornato in Lucania e anche quando ci sentivamo al telefono, ogni tanto, era strano sopportare insieme il peso di ciò che avevamo visto. Meglio stare con persone che non c'erano, o meglio ancora che non sapevano, ma nel giro era difficile.

Mi diedi una ripulita, non mi drogavo e facevo parecchio sport. Era come se volessi sballarmi di lucidità. Avevo viaggiato lontano, avevo preso velocità e questo aveva reso ancor più duro l'impatto.

Ludmilla era sparita. In libertà o reclusa, comunque, non mi aveva più cercato. Così, senza un addio, senza lacrime, semplicemente uscì di scena dalla mia vita.

Non mi importava più, ormai, il ragazzino innamorato di lei era morto insieme al suo migliore amico in fondo a quella voragine, e al suo posto c'era una specie di aspirante "straight edge" confuso su quale direzione far prendere alla propria vita.

In casa mia comparve un computer con il quale, con qualche minuto di comunicazione acustica in stile "Incontri ravvicinati del terzo tipo", potevi connetterti a Internet, e seguendo il porno approdai a Napster. Era come il negozio di noleggio CD, ma in casa e gratis. Passai intere nottate a scaricare musica. Interminabili ore online a condividere file musicali pirata con il mondo. Ho visto piccoli kilobyte crescere e diventare giga nelle mie cartelle dai nomi più disparati. Al mattino trovavo le ricerche lanciate la sera prima completate e ascoltabili. Stavamo sgretolando le major musicali.

La morte di Simon mi aveva allontanato dai rave ma non mi aveva tolto la voglia di mixare. Acquistai due CDJ 100 e iniziai a far suonare le tonnellate di musica che avevo scaricato su CD.

Questo apriva nuove frontiere sonore.

Fino ad allora acquistavo solo vinili che ero sicuro di mixare nel mio sound, quindi molto specifici. Questa nuova dimensione apriva il mix a prospettive inimmaginate prima. Mixai rock, dance, electro in tutte le sue sfumature, come il crescente electroclash.

Iniziai a lavorare in alcuni club dove programmavo di tutto. Facevo il resident in un piccolo club di periferia dove alternavo serate anni '80, Trash Party e minestroni musicali in varie salse.

Il nuovo supporto CD apriva spazi in console a persone che non erano dj. Individui che non erano passati per il vinile, tantomeno per i rave, e la maggior parte erano scarsi a mixare. Anzi, il mix era del tutto inesistente. Una canzone dopo l'altra, tutto qui. In alcuni locali, tuttavia, si cercavano ancora dj validi. I nuovi CDJ Pioneer sopperivano alla difficile reperibilità delle edizioni in vinile, ma necessitavano ancora di un dj che sapesse mixare; le tracce non si mettevano in battuta da sole, non ancora.

Mi trovavo bene con il nuovo supporto e riuscii a prendere la residenza in un club importante. Ogni tanto mi passava a trovare Tony, che nel frattempo era tornato stabile a Roma. Era in un giro di calabresi, adesso.

Nel club iniziavo presto con un po' di musica "light" fino ad arrivare a notte inoltrata, quando davanti alla console c'era un certo numero di persone. Mixavo Chemical Brothers, Anthony Rother, Basement Jaxx, Felix Da Housecat, Faithless, Prodigy, Daft Punk, Moby e altro. Per la prima volta mixavo guardando la sala e prendendo percorsi in base alla reazione del pubblico. Era diverso dai rave, dove ognuno di noi faceva sempre il suo in console, e di certo non dovevi trovare le giuste tracce da mixare per smuovere chi voleva ballare. Era una dimensione condivisa in cui la musica si apprezzava per dinamica e sonorità.

Adesso eravamo in pieno show-business.

Arrivò così il fatidico capodanno 2000.

Si parlava del Millennium Bug che avrebbe bloccato tutti i computer e resettato l'umanità, o forse ci aspettava solo la più classica apocalisse? Allo scoccare della mezzanotte avremmo visto i quattro cavalieri comparire all'orizzonte?

Lavorai al club, quella sera, la paga era raddoppiata e l'entusiasmo dimezzato. Di quello che mettevo sembrava non fregare un cazzo a nessuno, anche se ballavano tutti.

Per loro la musica era on/off.

La musica c'è, la musica non c'è.

Nient'altro.

L'era digitale era iniziata. La Fintech, un enorme buco nero, aveva risucchiato al suo interno la nostra rivoluzione e adesso, sgomberata, era tornata a giacere vuota e silenziosa, attraversata da echi di utopia che come spettri si aggiravano tra quelle mura scrostate dal tempo. La Creatura Sistema aveva accusato il colpo e adesso rispondeva con forza per ristabilire il suo dominio di terrore. Dopo averci rimesso in riga ci legò l'un l'altro, ma non ci marchiò a pelle: non era più la Polonia, anche la Creatura mostruosa si evolve. Ci mise il microchip ma non ce lo iniettò sottopelle, come avrebbe voluto un B-movie di fantascienza, lo adagiò sugli scaffali dei negozi facendocelo bramare e pagare a caro prezzo con le briciole che ci dava in cambio della nostra vita.

D'un tratto le persone non erano più solamente legate al posto in cui vivevano, ma erano interconnesse con il mondo. Ci volle un po' per capire che le informazioni viaggiavano veloci e ci rendevano vulnerabili. La rete in cui navigavamo era una gabbia messa lì dal Sistema intento a divorare, digerire, assimilare.

Uno sparuto pugno di resistenza stava dando vita a un nuovo filone di party lungo il litorale o spostandosi fuori l'area di Roma, contrattaccando colpo su colpo l'offensiva delle autorità che ormai avevano sviluppato le loro contromisure nei confronti di un fenomeno di massa su larga scala. Molti migrarono all'estero, altri crearono etichette e nuove sonorità ispirandosi a ciò che di buono c'era stato nel melting pot romano, altri rimasero incastrati nella spirale della svolta facile a discapito dell'empatia e della sinergia collettiva.

Per me era ormai impossibile partecipare, avrei continuato a vedere lo spettro di Simon aggirarsi tra i Sound System e il camouflage appeso agli alberi.

Pensavo a lui continuamente.

Quando sentivo un Harley passare, credevo fosse Angelo.

Non ho più avuto il coraggio di vederlo. Mi sentivo in colpa nei suoi confronti.

Chissà se Simon avrebbe voluto che invece diventassimo amici, che facessi un po' il figlio di riserva.

Non credo.

[*AFX – Archaid Maid Via RDJ*]

Tempo dopo incontrai Sandrino e gli mostrai lo "specchio d'acqua".

Ci arrampicammo sui blocchi di marmo e ci facemmo un canna guardando il sole al tramonto scendere dietro le gru che si rispecchiavano in quel lago surreale.

Pensavamo a Simon.

Lo rividi nella mia mente in compagnia di una bella ragazza al centro del dance-floor.

«Lo sai che è morta anche una tipa dopo Simon?» mi disse Sandrino. «Non hanno neanche spento la musica. Quando ho iniziato ad andare a ballare erano i primi anni '90, tu eri un bambino. Non si chiamavano neanche rave, c'erano le feste dei "Ragazzi Terribili", così si chiamavano. L'atmosfera era hippie, colorata, c'era gente di tutti i tipi, niente omologazione. Poi sono arrivati i nazi, l'atmosfera è cambiata, hanno portato la violenza, c'erano risse e accoltellamenti. Poi siete arrivati voi e avete portato tutto su un livello sociale più aggregante, le feste sono diventate più economiche e alla portata di tutti. Avete unificato la scena con persone che provenivano da frange opposte, di questo devo darvene atto, ma a unirvi agli inglesi avete sbagliato, vi siete fatti fregare.»

«Non ci siamo uniti a loro, si sono imposti e ci hanno rubato la scena.»

«E voi non avete fatto niente.»

Le sue parole erano tanto dure quanto vere.

«Dopo quello che è successo a Simon non mi importa più. Che si tengano la Fintech e la loro musica di merda.»

Sandrino tirò un sasso nell'acqua e onde concentriche si propagarono come un segnale radio. «Eppure tutte le cose belle che abbiamo vissuto insieme sono ancora lì, da qualche parte, e si stanno riorganizzando.»

«Non per me. Rivedrei Simon ovunque, in ogni cosa.»

«Lo capisco.» Si tirò su, dandosi qualche colpetto sul sedere per pulire i jeans. «Magari un giorno ci verrai proprio per quello.»

Dalla sua tasca arrivò un cicalino. Tirò fuori un cellulare, aveva ricevuto un sms dalla sua ragazza. Lo guardai sfottendolo: in mano a lui invece che a un colletto bianco quel cellulare stonava.

«È comodo per me che non sono mai a casa.»

Era ora di andare.

Un ultimo sguardo alla cava.

Nella mente l'immagine di Simon che si perdeva nella folla di traiettorie esistenziali, libero e ribelle, in quel momento, in quel luogo in cui siamo stati per un attimo padroni di noi stessi.

In quell'istante così fugace dentro il cuore e infinito nell'Universo.

Epilogo

Sono solo nella mia stanza.

La console è di nuovo montata, dalla mia posizione vedo la linea dell'orizzonte fuori dalla finestra.
Sfoglio i dischi nel flycase, ne sento l'odore.
Mi soffermo su un vinile dal centrino blu: Speed Nova [*Industrial Strenght Records*].
Lo adagio sul piatto dal lato con il logo a forma di ingranaggio che inizia a girare. Appoggio la puntina e un leggero fruscio anticipa il bassline che piano piano aumenta di velocità e intensità.
Mi viene la pelle d'oca, il suono aumenta incalzante, siamo vibrazione cosmica.
Il beat, come il cuore pulsante di una creatura sotterranea intrappolata, irrompe verso la libertà.

Qui Radio faro interstellare Fox Trot, questo è il mio segnale... e sta ancora trasmettendo.

Settembre 2000. Guidonia. Italia. Pianeta Terra.

Ringraziamenti:

Francesco "Cecco" Carlucci, Matteo Swaitz, Carlo "Big Head"
Roncella, Giorgio "Gighen", Anna Bolena, Giorgio Santi
Amantini, Francesco Macarone Palmieri, Daniele Coccia,
Gianluca "Banana" Bertasi, Carlo Roberti, Tommaso
"Tommyknocker" Marra, Paola Panicola, Giovanni Panicola,
Antonio "NTD" Santarcangelo, Marco "Mush" Ferrantelli,
Francesca Castaldi, Kola Ale, Pablito El Drito, Roberta Canu,
Andrea Benedetti, Fabrizio D'Arcangelo, Max Durante, Roberto
Silla, Mina Maggio, Hard Raptus Crew, Spaziokamino Crew,
Ostia Rioters, Zona a Rischio, Forte Prenestino, Auro & Marco
e tutte le persone con cui ho condiviso la musica.

Discografia:

Pantera - The Badge (EastWest Records)

Sex Pistols - Anarchy in the U.K. (EMI)

Metallica - Seek & Destroy (Megaforce Records)

My Life With The Thrill Kill Kult - After The Flesh (Atlantic Records)

Defcon Vol. III - Altitude (Dance Records Attack)

Rage Against The Machine - Killing In The Name (Epic Records)

Robert Armani - Hit Hard (ACV Records)

Haddaway - What Is Love (Coconut Records)

Ace Of Base - All That She Wants (Alex Records)

Ice Mc - Think About The Way (Polydor)

The Doors - The End (Elektra Records)

Robert Armani - The Power (ACV Records)

Leo Anibaldi - Attack Random (ACV Records)

Game Boy - Tetris (Prezioso Remix) (Daily Music)

The Age Love - The Age Love (Diki Records)

Lory D - Untitled (Sounds Never Seen)

Euromasters - Alles Naar De Klote (Rotterdam Records)

Disintegrator - Fucking Hostile (Industrial Strenght Records)

Lory D - Non fermarti (RCA - SNS)

Dj Repete - Softy Motherfucker (Drop Bass Network)

Caustic Window - The Garden Of Linmiri (Rephlex Records)

The Mover - The Emperor Takes Place (Planet Core Productions)

Fly By Wire - Alkaline 3dh (Magnetic North Records)

Aphex Twin - Isoprophlex (Mighty Force Records)

Riccardo Rocchi - Sandy Beaches And Warm Crystalline Sea

ADC - Sincrotime (X-Forces)

Dj Hyperactive - Light Speed (Drop Bass Network)

Urban Primitivism - 684 (No label)

Jeff Mills - Phase 4 (Tresor Records)

The Dentist From Boscaland - Roland Goes Mad In Boscaland (Boscaland Records)

Turbulence - Six Milion Ways To Die (Super Special Corp.)

Stickhead - Get In Gear (Remix) (Kotzaak Records)

Brain 2 - Something For Your Mind (Brain Records)

Zekt - Godly Obscurity (Drop Bass Network)

Cyclopede - Pryson System (K.N.O.R. Records)

Alien Signal - Atomic (Upland Recordings)

D.H.S. - The House Of God (X-Energy Records)

Marco Masini - Vaffanculo (Dischi Ricordi)

Dj Skinhead - Extreme Terror (Gangsta Mix) (Industrial Strenght Records)

Cherrymoon Trax - The House Of House (Bonzai Records)

Automatic Sound Unlimited - Tu 4 Bx (Hot Trax)

Delta 9 - No More Regrets (Industrial Strenght Records)

Disintegrator - Lock On Target (Industrial Strenght Records)

Zenith - The Flowers Of Intelligence (IST Records)

Cosmic Baby - The Space Track (MFS)

Alien Signal - Back Home (Upland Recordings)

AFX - Arched Maid Via RDJ (Warp Records)

Speed Nova - Impulse (Industrial Strenght Records)

Made in the
USA
Columbia, SC